FORMONT

POÉSIES

TARBES

IMPRIMERIE DE J.-A. LESCAMELA.

1866

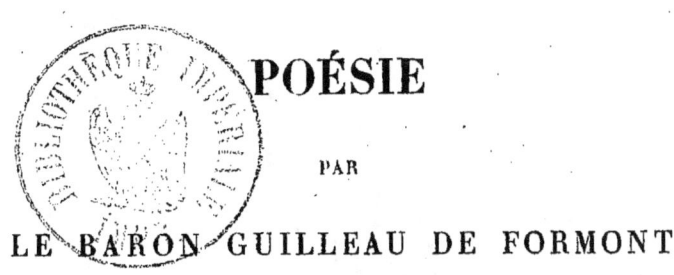

POÉSIE

PAR

LE BARON GUILLEAU DE FORMONT

ANCIEN CONSUL GÉNÉRAL DE FRANCE

EN TOSCANE, A LUCQUES ET A MASSA-CARRARA.

1866

Ⓒ

92617

Yo

LA GUIRLANDE

DE SOUCIS

Hec vulnera vitæ !

Lucrèce.

ENVOI

Mes vieux jours vont finir leur long pèlerinage :
Vous qu'à regret je quitte, au terme du voyage,
Je vous offre mes vers, mon souvenir dernier ;
Lisez-les quelquefois pour ne pas m'oublier.

PREMIER LIVRE

—

PROLOGUE

—

..... Tandem in portum ventis jactatus et undis.

VIRGILE.

Riche plaine où l'Ozama roule,
Parmi les fleurs, ses tièdes eaux,
Où du sein fécond des roseaux
Le sucre précieux découle,
Du milieu des ondes sorti,
Morne où le palmier se balance,
Pays lointain de ma naissance,
Salut, ma charmante Haïti !

Un Spartacus au teint d'ébène,
    Osant briser la chaîne
De tes rebelles serviteurs,
    Fit couler sur l'arène
    Ton sang avec tes pleurs.

Les lois de Louis le seizième
Réglaient ta sage liberté
Dans ces jours de prospérité,
Où sur ton rivage que j'aime,
Au bruit des mers, ton beau soleil
A, de ses splendeurs magnifiques
Qu'il puise au foyer des Tropiques,
Eclairé mon premier réveil.

Fille adoptive de la Gaule,
    Les flots baignant ton môle
Roulaient sous le poids des trésors,
    Et ta sœur l'espagnole
    Te jalousait alors.

Pour l'héritier d'une couronne,
On m'eût pris dans mon berceau d'or.
Vingt filles de San Salvador,
Tantôt de leur danse bouffonne
Amusaient mes jours enfantins ;
Et, comme les bardes d'Europe,
Tantôt chantaient mon horoscope,
Sur des fleurs berçant mes destins.

Elles disaient : « L'heureux créole,
    » Comme l'oiseau qui vole,
    » Libre et gai, chante tout le jour ;
    » Et sur sa couche molle,
    » La nuit, rêve d'amour. »

Haïti, charme de mes rêves,
J'aimais à voir ton beau coursier,
Sans frein, libre et sans cavalier,
Sur le doux sable de tes grèves,
Courir, défiant les oiseaux ;
Et puis baignant, lassé de gloire,
La fatigue de sa victoire
Sous l'ombrage de tes ruisseaux.

Que n'ai-je dans tes solitudes,
    Loin des ingratitudes,
Laissé courir mes jours légers,
    Libres d'inquiétudes,
    Dans tes bois d'orangers !

Enfant je connus la souffrance.
Déjà des voiles du tombeau
On avait couvert mon berceau.
Ma mère priant en silence,
Baignait de pleurs le crucifix.
La Vierge eut pitié de ma mère,
Se souvenant que sur la terre
Elle aussi pleura sur son fils.

Dans la religieuse enceinte,
    Et paré d'hyacinthe,
Devant ta chapelle porté,
    Je dus, ô Vierge Sainte,
    La vie à ta bonté.

Un jour, j'entrai chez Melpomène.
Prenant son luth mouillé de pleurs,
Je chantai les nobles douleurs
De la France ma souveraine ;
Evoquant un vieux souvenir,
Qu'à la puissance monarchique,
Comme enseignement politique
Mon vers frondeur osait offrir :

Quand de la maison bourguignonne
    La vengeance félonne
Servait l'Anglais qu'on vit placé
    Sur les débris du trône
    De Charles l'insensé.

Et l'on fêta ma bienvenue :
On battit des mains à mon nom.
L'Envie, en broyant son poison,
Vers moi soudain est accourue.
Le passereau qui tout joyeux
Sur l'arbre se balance et chante,
S'il voit l'épervier, s'épouvante
Et fuit bien vite en d'autres lieux.

J'allai, craignant le noir breuvage,
    Chez le Sarde sauvage,
Fils d'Hercule, et dont le berceau
    Au milieu de l'orage
    Flotte toujours sur l'eau.

Le commercial caducée
Arma mes pacifiques mains ;
Et l'étranger sur ses chemins
A vu ma tente au loin dressée.
Comme ces feux dont la lueur
Signale l'écueil qu'elle éclaire,
Ma surveillance consulaire
Servit de phare protecteur :

Chez le Dace, où règne un Hellène ; (A)
    A l'île tyrénienne
Que l'un des Caton gouverna ; (B)
    A la plage étrurienne
    Où campait Porsenna. (C)

(A) Bucharest en Valachie.

(B) Cagliari (Sardaigne).

(C) Livourne (Toscane).

En tous lieux, fier de ma patrie,
J'ai fait bénir son noble nom ;
J'ai partout de son pavillon
A sa voyageuse industrie
Fait un abri toujours puissant ;
Et maintenant, montrant mes rides,
Je demande les Invalides
A mon pays reconnaissant.

Ma muse, à la rive étrangère
  Cueillit, pour se distraire,
Quelques fleurs tristes comme moi,
  O France toujours chère,
  Quand je pensais à toi !

LA TOUPIE.

—

Enfant, tu ris à voir tournoyer la toupie
    Qui te sert de jouet :
Il faut qu'il obéisse ! et ton bras qui châtie
    Se lève armé d'un fouet.

Sous les coups harcelant sa croissante vitesse,
    Le buis siffle en courant,
Comme un martyr frappé, quand la douleur le presse,
    Jette un cri déchirant.

Et flagellé toujours, il va comme un homme ivre
    D'un heurt à l'autre heurt ;
Las d'errer, comme aussi l'enfant de le poursuivre,
    Il se tait, tombe et meurt.

Va, pauvre enfant, triomphe à ce jeu de l'école,
    Commande et frappe en roi !
Mais, despote aujourd'hui, plus tard changeant de rôle,
    Le jouet sera toi.

Prenant ce rude fouet que ta gaîté manie,
    Les passions un jour
De leurs coups redoublés fustigeront ta vie,
    S'amusant à leur tour.

Dans quel cercle de pleurs sans trève tu tournoies,
    Harassé de souffrir !
Les passions enfin interrompent leurs joies
    Pour te laisser mourir.

LA TOUR DE LA MÉLORA. (1)

Sous les verroux d'un monastère,
Charmante enfant dont la gaîté
Longtemps a langui prisonnière,
Aujourd'hui vive et si légère
Où va ta jeune libèrté,

Comme l'hirondelle joyeuse,
Quand le printemps est de retour,
Qui, sur son aile aventureuse
S'enfuit bien loin, la voyageuse,
Pour chercher un autre séjour?

A la cité des fleurs, dit-elle,
Où l'on chante et danse toujours ;
A Florence la Toscanelle,
Sur l'Arno comme la nacelle
Glisse — où coulent si bien les jours.

J'ai peur pour toi, jeune Italienne :
Florence, où l'air est parfumé,
A les doux chants de la syrène
Et, dangereuse magicienne,
Trouble l'esprit qu'elle a charmé.

Ses danses provoquent la joie ;
Mais ce cercle voluptueux
Où ton innocence tournoie,
Prends garde — est la glissante voie
Où l'on tombe, des pleurs aux yeux.

(1) C'est une tour élevée sur un rocher, à l'entrée de la rade de Livourne.
Elle fut construite en 1284, en mémoire d'une victoire navale des Génois
sur les Pisans. Elle est aujourd'hui abandonnée et tombe en ruines.

Bon vieillard, j'ai de la prudence.
Dans ce cercle divertissant
Où pleurant son imprévoyance
Pourrait glisser mon innocence,
Je n'irai point m'étourdissant.

Le long du fleuve où sous l'ombrage
Enivre le parfum des fleurs,
N'ira point rêver mon jeune âge ;
Et jamais mon oreille sage
N'entendra de chants corrupteurs.

Ne faut-il pas que mon courage
S'habitue à voir le danger,
Comme en jouant sur le rivage,
Je regardais venir l'orage
Sans avoir peur de naufrager ?

Adieu, bon vieillard : je te quitte.
Je voudrais être en cet instant
A Florence la sybarite
Où les heures passent si vite,
— Et je repris en l'arrêtant :

Regarde, au large de la grève,
Sur le rocher sortant de l'eau,
Cette tour qui là-bas s'élève,
Comme à la nuit on voit en rêve
Un géant sous son blanc manteau.

C'est Mélora la Livournine !
Elle a dit au flot menaçant :
Contre ce roc où je domine,
Comme sur la plage voisine,
Il meurt, ton courroux impuissant.

Enfant à l'âme confiante,
Viens ! la tour blanche t'instruira :
Viens voir du sein de la tourmente,
Comment la vague mugissante
A respecté la Mélora.

On l'eût dit sur un trône assise,
Autrefois du haut de l'écueil,
Regardant la mer qui se brise,
Comme l'ennemi qu'on méprise
Et dont s'amuse notre orgueil.

Maintenant la tour est déserte,
Sans phare pour le matelot,
Dédaignée, achevant sa perte,
Et de tous les côtés ouverte,
Elle sert de jouet au flot.

Les passions ont leur tempête.
Et quand tu vas les affronter,
Crains de devenir leur conquête
Comme la tour penchant la tête
Sur le flot qui vient l'insulter.

Que cette leçon te profite ;
Souviens-toi de la Mélora.
L'asile où, sage, l'on s'abrite,
N'est point sur la mer où s'agite
La vague qui te brisera.

LA MARGUERITE.

—

Fleur des prés au blanc diadême,
Sybille des champs, instruis-moi.
Suis-je aimé de celle que j'aime ?
Je t'interroge avec effroi.
Prophétique fleur que je cueille,
Reçois d'abord mon doux baiser ;
Et puisse ta dernière feuille
Ne pas trop me désabuser !

Oh ! merci ! ton premier oracle
Rassure mon cœur alarmé.
A mon tendre amour point d'obstacle :
Tu me l'apprends : *je suis aimé !*
Mais ta seconde confidence
A détruit ce premier aveu !
Me retires-tu l'espérance ?
C'est n'aimer pas, *d'aimer un peu.*

Ton autre feuille que j'arrache
Est plus propice à mon bonheur :
Beaucoup d'amour, dis-tu, se cache
Sous son apparente froideur.
Bien plus encor : vain stratagème !
Elle aime *passionnément,*
Ah ! c'est ainsi que moi je l'aime !
Que je l'aimerai constamment.

Ciel ! que m'apprends-tu ? ma disgrâce !
Je ne suis pas *du tout aimé !*
Va ! je te jette au vent qui passe ;
De l'oracle qui ma charmé,

Feuille jalouse, sois maudite !
Mais poursuivons. Il reste encor
Bien des feuilles, ô marguerite,
A l'entour de ton disque d'or.

Je tremble — et détourne la tête.
De la dernière feuille enfin,
Mon doigt se rapproche — il s'arrête —
Allons ! connaissons mon destin :
A genoux je te remercie ;
Voilà mon bonheur confirmé !
Viens sur mon cœur, feuille chérie,
Redis-moi que *je suis aimé*.

UN PREMIER AMOUR.

—

> Moult a dur cuer qui en mai n'aime,
> Quant il ot chanter sur la raime
> As oisiaus les dous chans piteus.
>
> *(Roman de la Rose.)*

Je suis aux pieds de la Madone,
Pour prier, devançant le jour ;
Des cœurs souffrants, sainte patronne,
Bénis-le, mon premier amour !

Celui qui de mon cœur est maître
Est jeune : je suis jeune aussi.
Pâle et triste, il souffre peut-être
Comme moi du même souci.
Mais à cet amour qui la fâche,
Ma mère veut que je m'arrache.
Vois ce ruisseau qui fuit toujours,
Ai-je répondu, bonne mère,
Dieu dit-il retourne en arrière
Au ruisseau qui poursuit son cours ?

Sais-tu quel destin te menace,
Ma fille ? prévois le chagrin.
J'ai dit : ce nuage qui passe,
Sous quels cieux sera-t-il demain ?
Demande-t-il où va la route ?
A travers la céleste voûte,
O nuage léger, tu fuis,
Sans savoir où le vent te mène :
Ainsi, fais-je ! le vent m'entraîne
Et, faible enfant, moi j'obéis.

Chacun me conseille et me blâme.
Sur ce roc, voyez dans les airs
Où tourne sa mouvante flamme,
Ce phare, autre étoile des mers,
Du nocher sur l'onde orageuse
Guider la course aventureuse :
Poussé des vents, l'esquif léger
Pourtant sur l'écueil que dévoile
Le feu de la terrestre étoile,
N'est-il pas venu naufrager?

Tous répètent : Pauvre Marie,
Il ne t'aime point! Taisez-vous :
Ou bien, cruels, prenez ma vie!
Je n'en crois point vos cœurs jaloux.
Au malade enfant l'ange envoie,
Quand il dort, un rêve de joie :
L'éveillerez-vous? tristes soins!
Quand le réveil le dissuade,
Laissez dormir l'enfant malade,
Puisqu'en rêvant il souffre moins.

Je suis aux pieds de la Madone
Pour prier, devançant le jour ;
Des cœurs souffrants, sainte patronne,
Bénis-le, mon premier amour !

Le jour descend de la montagne.
Libre, et sur le même rameau
Où se balance sa compagne,
Pour chanter, s'éveille l'oiseau.
Moi je pleure ! et je n'ose même
Nommer tout bas celui que j'aime.
Dans les bois, au bord d'un ruisseau,
Que ne puis-je passer ma vie?
Faut-il donc que je porte envie
Au sort du petit passereau ?

Le jeune faon qu'un chasseur blesse
Vers sa mère accourt gémissant :
Sa mère aussitôt le caresse,
Dolente du mal qu'il ressent.
Il se couche sur l'herbe molle ;
Elle, tout auprès le console.
Ma mère ! j'ai besoin d'appui.
Et moi ne suis-je point blessée ?
Jadis tu m'as tant caressée !
Je suis plus à plaindre aujourd'hui.

Lorsque la frileuse hirondelle
Quitta ces lieux, tu lui disais :
Reviens à la saison nouvelle ;
Et sous l'arbre où tu reposais,
Tu trouveras la mousse prête.
L'arbre fleurit ; les jours de fête
Renaissent : l'oiseau n'est point là !
Vide est son nid de mousse verte.
Un jour, dans ma couche déserte,
Ma mère aussi me cherchera.

De riches dons je suis ornée ;
A mon cou brillent les rubis.
Au sacrifice destinée,
Ainsi va la pauvre brebis !
Le cou penché sous sa guirlande !
Ma mère ! accorde ma demande :
A mon doigt mets l'anneau sacré ;
A mon front la fleur nuptiale.
Hâte-toi ! mon front est bien pâle,
Et mes yeux ont longtemps pleuré !

Je suis aux pieds de la Madone
Pour prier, devançant le jour ;
Des cœurs souffrants, sainte patronne,
Bénis-le, mon premier amour !

LES PRÉSAGES.

A l'heure où tous les bruits s'endorment sur la terre,
Dans ce calme, celui qui rêve solitaire,
Tout-à-coup entendant la voix du chien hurler,
A ce lugubre appel s'il n'a point l'âme émue,
Quand il voit près de lui sur l'arbre qui remue
      L'œil de l'orfraie étinceler ;

Et quand l'étoile en feu sur la céleste voie
File, précipitant sa clarté qui flamboie ;
S'il ne tombe à genoux, celui qui la voit fuir,
Disant bien vite alors le secret de son âme,
Triste, s'il n'a tout dit avant que cette flamme
      A ses yeux ne vienne à mourir ;

Cueillant la blanche fleur, où l'avenir se cache,
Celui qui l'interroge, et qui sans crainte arrache
Cette dernière fleur, oracle de son sort ;
Celui qui d'un doux songe en sursaut se réveille,
A son nom prononcé tout bas à son oreille
      Sans que son cœur batte plus fort ;

Ah ! ceux-là n'ont jamais aimé ! nulle souffrance
N'a jamais de leurs cœurs troublé l'indifférence !
Sans aimer, que craint-on ? qu'espérer, sans souffrir ?
Aux présages j'ai foi : c'est un signe céleste,
Et souvent à nos yeux ainsi se manifeste
      Le mystère de l'avenir,

Les cieux vous l'apprendront : et cette main cachée
Qui lance avec ses feux l'étoile détachée ;
Cette main qui traçait au milieu d'un festin
Les mots mystérieux qu'expliqua le prophète,
Donne à la nue aussi la forme qui reflète
      L'image de notre destin.

Saints avertissements ! symboliques spectacles !
Dodone, ta forêt rendait de vains oracles.
Tu dis vrai, nue errante, en parlant à notre œil.
Toi dont le ciel bénit les travaux héroïques,
Guerrier, vois ce palais avec ses beaux portiques
     Et la victoire sur le seuil.

Chaste fille, regarde aux cieux : vois ces beaux pages
Qui vers la fiancée apportent des messages ;
Et tout là-bas l'époux qui vient sur son coursier,
Et le barde qui chante, et la joyeuse presse,
Et l'église où l'amour qui tiendra sa promesse,
     Par de saints nœuds va te lier.

Ne me dites donc pas que ce sont des mensonges !
Ces nuages légers changeant comme des songes
S'ouvrent et me font voir un champ semé de fleurs.
Oh ! laissez-moi penser que c'est la Providence
Qui me dit d'espérer, et que son assistance
     Ne manquera point à mes pleurs !

LA LUCIOLE.

Vois la nocturne luciole
Sous la verdoyante coupole
De ces arbres s'entrelaçant,
Promener sa lumière folle
Quand le jour va s'obscurcissant.

On dirait l'étoile brillante,
Qui de la voûte rayonnante
Tombe ; et, se trompant de chemin,
Poursuit sa course étincelante
A travers les fleurs du jardin.

Voici venir la troupe ailée
Dont la lumineuse volée
De cà, de là, sème des feux :
La campagne est tout étoilée,
Comme à minuit l'azur des cieux.

Du palais éclairant le faîte ;
Sous l'ombrage, sur notre tête
Brillent ces feux disséminés :
On dirait que pour une fête
Ces jardins sont illuminés.

C'est la fête voluptueuse
Que la luciole joyeuse
Célèbre à la chûte du jour :
Sur sa trace capricieuse
S'allume ce signal d'amour.

Doux signal ! vers ces étincelles
Marquant la fuite de leurs ailes,
S'envolent leurs amants charmés ;
Puis sur des fleurs, à côté d'elles,
Se reposent leurs bien-aimés.

Guidé par ta lumière vive,
O luciole fugitive,
Je t'ai saisie ; et dans ma main
Je te porte, brillant convive,
A la salle de mon festin.

Ta part sera toujours choisie ;
Dans la coupe la plus jolie,
Là tu boiras de douces eaux ;
Toujours à l'abri de la pluie,
Tu dormiras sous mes rideaux.

Eh quoi ! tu souffres ? ta lumière
Qui brillait vive et si légère,
S'éteint ! et tu sembles mourir ?
Quels biens plus doux peuvent donc plaire
A ton capricieux désir ?

A la folâtre luciole
Qui sur les fleurs là-bas s'envole,
Il faut — ou bien meurt sa clarté —
Sous la verdoyante coupole,
L'amour avec la liberté.

LA PALEUR.

—

Pâleur décèle une âme tendre.
MONCRIF.

Oui : que sa pâleur l'humilie
Celui dont le courage plie
Sous l'ennui glacial du cœur
Et dans cette lâche apathie
Qui regarde dormir sa vie :
Qu'il voile son front sans couleur !
Du riche éclat de la couronne
Que les rois couvrent leur pâleur,
Triste empreinte de la Terreur
Qui s'assied aux marches du trône !
Pâlissant d'arriver trop tard,
Que le rénégat politique
A la dérision publique
Cache son visage blafard ;
Que l'esclave aux affronts nourri,
Sous l'opprobre d'un front livide
Où le chagrin creuse sa ride,
Penche son visage flétri ;
Mais qu'il montre à tous son front blême,
L'heureux mortel que la beauté
A pour sa tendresse accepté.
Comme un roi sous le diadème
Qui décore sa royauté,
Qu'il soit fier : c'est un roi lui-même !
Qu'il soit fier ! on n'admire point
Cet égoïste, aux yeux du monde,
De sa sagesse rubiconde

Promenant le lourd embonpoint.
Parmi ces vulgaires natures
Naissant, vivant, mourant obscures,
Incomplètes créations !
L'amant et l'homme de génie,
Ces élus que la foule envie,
Sont deux pâles distinctions.

L'ŒIL BLEU.

—

> O rose of mai!
> Dear maid, Kind sister, my love
> SHAKESPEARE.

Dans tes célestes yeux quelle vive lumière
    A travers ce doux voile bleu !
Du milieu de l'azur tombe ainsi sur la terre
    Le rayon allumé par Dieu.

Oui : c'est ce feu qui donne une vie à l'argile ;
    Et le cœur qu'il a pénétré
S'épure, comme l'or de sa matière vile
    Sort par la flamme séparé !

Si je t'aime ? demande à ce ruisseau qui passe,
    S'il aime bien la blanche fleur
Qui, reine de ses eaux, dans leur mobile glace
    Se mire belle de fraîcheur.

La nymphéa n'est pas plus que toi fraîche et belle
    Et n'est pas plus aimée aussi ;
Le ruisseau vit toujours la nymphéa fidèle,
    Te verrai-je toujours ainsi ?

C'est de toi qu'on peut dire, ô charmante merveille,
    Du plaisir de la contempler,
Les yeux ne sont jamais rassasiés ; l'oreille
    Jamais lasse à l'ouïr parler.

Ta parole adorée est ce divin langage
    Que parlaient les hôtes du Ciel
Quand ils venaient jadis nous porter un message
    De leur souverain immortel.

Toi-même n'es-tu point l'ange que Dieu m'envoie,
    Quand je me trompe de chemin,
Pour me faire sortir de la mauvaise voie,
    Me venant prendre par la main ?

Sois mon guide divin ! marche dans mes ténèbres,
    Pour que je ne m'égare plus ;
Afin qu'à tes côtés, au lieu de cris funèbres,
    J'entende le chant des élus.

Vois ce nuage au ciel : sa fuite est lente et douce ;
    Un souffle ami règle son cours.
Que soit ta volonté le doux vent qui me pousse
    Dans ce monde où passent mes jours !

Lorsque j'arriverai, ma course étant finie,
    Pour qu'il me juge, aux pieds de Dieu,
Des pleurs pour racheter les fautes de ma vie
    Couleront de ton bel œil bleu.

L'IMPRÉCATION.

Je n'ai jamais maudit ces grands qu'on sollicite
Et qui, pouvant donner, promettent pour mentir,
A l'obscur suppliant jetant leur eau bénite,
Ainsi qu'à Belzébuth, alors qu'il nous visite,
Un prêtre exorciseur pour le faire partir ;

L'intrigant affairé sur la publique voie,
L'œil à son avenir, prompt et le dos ployé,
En rêve caressant quelque future joie,
Et qui sur son passage éclabousse et coudoie :
Je ne l'ai point maudit pour m'avoir rudoyé ;

Dans ma prospérité, l'ami qui vint m'étreindre,
Je ne l'ai point maudit quand dans les mauvais jours
Où j'ai vu tout-à-coup l'adversité m'atteindre,
Il m'a laissé pleurer seul, pauvre et bien à plaindre,
Plus que mes autres biens le regrettant toujours ;

Mais qu'il souffre aux enfers une éternelle peine,
Celui qui de la valse, impudique inventeur,
Osa jeter aux bras du danseur qui l'enchaîne
La beauté, faible enfant qu'en sa fuite il entraîne,
Comme avec son trésor s'échappe un ravisseur !

Eh quoi ! sa mère est là ? quoi donc ! c'est à sa vue
Que sa fille, livrée à ce fat triomphant,
Erre ainsi tournoyante à son bras suspendue !
Et je ne la vois point courir tout éperdue,
Aux mains de ce coupable arracher son enfant !

Laissons, laissons ces jeux à la froide Helvétie !
Là, comme le climat, le cœur se sent glacer.
Mais nous, sous le soleil où bouillonne la vie,
Où, comme le volcan, l'ardente jalousie
Fermente dans nos cœurs, prête à s'en élancer ;

Nous, père, amant, époux, qui devant cette danse,
Ainsi que sur la roue Ixion condamné,
Suivons d'un œil troublé sa folle turbulence,
Répudions la valse ! et que par sa licence
L'amour de notre cœur ne soit point profané.

Oui : qu'il souffre aux enfers une éternelle peine,
Celui qui de la valse, impudique inventeur,
Osa jeter aux bras du danseur qui l'enchaîne,
La beauté, faible enfant, qu'en sa fuite il entraîne,
Comme avec son trésor s'échappe un ravisseur.

LE DÉMON DES JEUNES FILLES.

—

Ma sœur me l'a conté,
Moi j'ai bien écouté.
Durant les soirs d'été,
Lorsque sous les charmilles
S'en vont rêver les jeunes filles,
On entend une voix
Douce et triste à la fois
Soupirer dans le bois.
Le cœur bat..... je le crois :
C'est le démon des jeunes filles !

Cette voix nous poursuit
Jusqu'au fond du réduit
Où le sommeil nous fuit.
Comme un feu tu pétilles,
Cœur embrasé des jeunes filles !
Quand, lasse de veiller,
On va pour sommeiller,
On sent sur l'oreiller
Quelqu'un s'agenouiller :
C'est le démon des jeunes filles !

Partout est le démon :
Au bois, à la maison,
Dit ma sœur, le fripon,
Caché sous les mantilles,
Suit au moûtier les jeunes filles.
Là, près du bénitier,
Il est sous le pilier,
Ainsi qu'un guichetier
Guettant son prisonnier.
Fi du démon des jeunes filles !

Triste, ma sœur souffrait,
Au bal elle espérait
Laisser son mal secret
Au milieu des quadrilles.
La danse plaît aux jeunes filles.
Le danseur prend sa main,
Elle rougit soudain
Comme l'aube au matin ;
Sent palpiter son sein.......
C'est le démon des jeunes filles.

Ma sœur sur un coursier,
Court comme un prisonnier
Qui, trompant son geôlier,
S'enfuit loin des bastilles.
Courir fait bien aux jeunes filles.
Un beau page a passé
Timide et l'œil baissé ;
Ton cheval a glissé :
Ma sœur, qui l'a poussé ?
C'est le démon des jeunes filles.

Ma sœur, sur son chemin
Trouvant un pèlerin,
Pose sa blanche main
Sur les saintes coquilles.
Dévotes sont les jeunes filles.
Pèlerin, j'ai souci :
Que ton bâton béni
Frappe mon ennemi !
Frappe mon cœur : ici
Est le démon des jeunes filles.

Son mal croissant, ma sœur
Loin d'un monde trompeur
Offrant à Dieu son cœur,
S'enferma sous les grilles.
Prier est doux aux jeunes filles.

Ma sœur priait Dieu.... Mais
Son cœur n'eut point la paix.
Ne guérit-on jamais
Du mal que tu nous fais,
Méchant démon des jeunes filles ?

L'ORFRAIE.

Le bonheur est donc une ombre, la vie une déception, nos désirs un piége trompeur.

THÉODORE JOUFFROY.

J'entends un cri plaintif ! L'oiseau du cimetière
Pour quelque cœur souffrant demande une prière.
Peut-être en ce moment finit avec le jour
Un beau rêve de gloire, un doux songe d'amour !
Je vais prier. Demain peut-être à la même heure,
L'orfraie, hélas ! pour moi demandera qu'on pleure.
Que de mon âme en peine alors prenant souci,
Votre pitié m'accorde une prière aussi !

LA JEUNE PÉNITENTE.

Era il suo aspetto di fanciulla non rimota
Dal vigesimo anno, in graziosa bellezza.
VERRI. (*Notti romane.*)

Sous les arcs prolongés de la demeure sainte
Où des lampes d'airain la lueur presque éteinte
Aux ombres de la nef mêle un jour défaillant,
Heure calme du soir, heure dévotieuse,
Voyez-vous ce vieillard qui vient se recueillant?
Une femme le suit : jeune et bien soucieuse,
Baissant ses doux yeux bleus sous le poids de ses pleurs.
Elle traîne ses pas, s'arrête; et, chancelante,
Pour la suspendre encor reprend sa marche lente.
Sur le livre divin qui parle à nos douleurs,
Avec un saint respect son front s'incline pâle,
Comme se penche un lys dont le parfum s'exhale,
Quand un souffle orageux en passant l'a touché.
Parfois elle interrompt sa prière muette.
Comme un coupable alors qui, dans l'ombre caché,
Craint qu'on ne le découvre, elle écoute inquiète,
Promenant autour d'elle un timide regard.
Une robe aux longs plis, simple et sombre parure,
De sa pudique ampleur l'enveloppe sans art ;
L'étreinte d'un bandeau retient sa chevelure ;
Et le voile qui cache à demi sa beauté
Semble un linceul de mort sur sa pâleur jeté.
Sa main cherche un appui : c'est trop de lassitude !
Son corps frêle a plié sous l'épreuve trop rude.
Elle tombe à genoux; et les yeux vers le ciel,
Joignant ses blanches mains, murmure un doux langage.
Elle invoque le Dieu qui fait taire l'orage.

Ainsi le voyageur, au désert de Sahel,
Du palmier tutélaire a vu l'ombre flottante.
O secourable espoir ! il se ranime alors,
Veut hâter sa lenteur, et, hâletant d'efforts,
Tombe avant d'arriver sous cette fraîche tente.
Pauvre enfant ! ton voyage à peine est commencé ;
Tu n'as point encor vu disparaître l'aurore ;
L'heure où l'on se repose est pour toi loin encore,
Et ton jeune courage est donc déjà lassé ?

Le pasteur vient en aide à la brebis souffrante ;
La conduit sous sa garde au bercail du Seigneur,
Et, laissant un moment reposer sa douleur,
Il prie. — Elle, à côté, s'agenouille tremblante
Et presse sur son cœur — comme pour l'apaiser,
Les grains noirs et bénits de la guirlande sainte.
Image du Sauveur ! de son pieux baiser
Reçois le chaste hommage et rassure sa crainte.

Ma fille, maintenant dites-moi vos secrets :
J'écoute — eh bien ! parlez — quels précoces regrets
De votre âge si jeune ont troublé l'innocence ?
— Ah ! mon père !
          — Achevez.
                   — Incessante souffrance !
D'un incurable mal mon cœur est consumé.
— Quel chagrin vous blessa ?
                 — Mon cœur a trop aimé !
Et confuse à ce cri de sa douleur naïve,
Tout en pleurs, dans ses mains elle cache, craintive,
Son visage charmant, pâli par tant d'amour.

— Vous avez offensé Dieu, qui veut qu'on résiste.
Sans lui, tout espoir trompe et toute joie est triste.
— Vous dites vrai, mon père ! et j'apprends, à mon tour,
Qu'au fond de toute joie est beaucoup d'amertume.

Ainsi les bords dorés du vase empli de fiel,
Que pour tromper l'enfant un peu de miel parfume.
Et moi, trompée aussi, j'ai goûté ce doux miel :
Espoir d'hymen déçu ! rêve qui m'a charmée !
Trop chère illusion bientôt se dissipant,
Comme autour de l'autel s'en va l'enveloppant,
De l'encens qui s'éteint l'enivrante fumée.
Je suis venue alors chercher votre secours.
Au pauvre mendiant vous tendez tous les jours,
Lorsque nul ne l'assiste, une main généreuse,
Et je demande, moi, comme lui malheureuse,
Loin du monde, traînant, seule avec mes douleurs,
Des jours désabusés et qui, chargés de pleurs,
Tombent fanés ainsi que la feuille d'automne,
Que d'un peu de pitié vous me fassiez l'aumône.

— Ma fille, je vous plains ! prions afin que Dieu,
Quand il vous voit venir à lui dans ce saint lieu,
Défaillante à porter de si lourdes tristesses,
De sa puissante main relève vos faiblesses !
— Ah ! je n'implore point le pardon du Seigneur
Pour que la vie encor me soit joyeuse et douce !
Comme le pauvre oiseau que blessa l'oiseleur,
Pour s'endormir obtient un peu d'ombre et de mousse,
Mon père, qu'il me soit accordé de mourir !
On n'obtient pas ce bien à force de souffrir.

— Non : vivez, mon enfant ! soyez comme l'étoile
Que le nuage impur couvrait d'un sombre voile
Et qui, se dégageant de cette impureté,
Au céleste foyer ranime sa clarté.
Vous la voyez, Seigneur, humble en sa pénitence,
Dépouiller ces anneaux, ces diamants, ces fleurs,
De sa beauté mondaine ornements séducteurs
Qui l'enorgueillissaient de leur magnificence,
Couvrant son repentir d'obscurs ajustements !
Ne vous détournez pas de cette infortunée,

Le front dans la poussière, à vos pieds prosternée,
S'accusant et pleurant sur ses contentements ;
Le repentir l'arrache aux fêtes du grand monde.
— Oui, mon père : ces jeux, ces danses, tout ce bruit
Enivra de douceurs mon jeune âge séduit ;
C'est là que j'ai puisé ma tristesse profonde !
Je fuis ce monde vain : trompé dans son désir,
On y trouve la peine en cherchant le plaisir !
— D'un terrestre lien votre âme est affranchie ?
— Mon père, elle est aux cieux, l'âme que j'ai chérie !
Sur la terre il n'est plus pour moi d'autre lien.
Dans mes rêves, la nuit, quand mon chagrin sommeille,
Cette voix qui n'est plus me parle — me réveille —
Et moi je pleure alors de n'entendre plus rien.
— Imprudente ! étouffez ce feu qu'attise encore
D'un si fatal amour le souvenir gardé.
— Contre ce souvenir j'ai souvent demandé
Que Dieu me défendît. — bienfait qu'en vain j'implore !
Mon cœur serait-il donc comme l'écho sonore
Qui dans ce temple, après que l'orgue a préludé,
Longtemps encore ému, sous cette voûte obscure,
Des chants interrompus prolonge le murmure ?
— C'est — ô ma chère enfant ! — l'empreinte du péché.
— Mes pleurs l'affaceront. Dieu n'est-il pas un père ?
Chaque jour je le nomme ainsi dans ma prière :
Des pleurs de son enfant il sera donc touché ;
Car à côté du mal qui nous est reproché,
Du mal qu'on souffre aussi sa bonté nous tient compte ;
Et puis, au Ciel pour moi votre prière monte.

Sa voix s'interrompit au milieu des sanglots.
Tel un faible joûteur qui, tombé sur l'arène,
La main sur sa blessure et reprenant haleine,
Prêt à combattre encor, demande du repos.

Voyez, a-t-elle dit, cette splendeur divine !
Du temple tout-à-coup la voûte s'illumine.

A mon œil qu'éblouit la céleste clarté,
Apparaît, souriant, l'ange de Charité.
O messager de paix ! tu viens donc sur la terre,
Pour le fortifier à son heure dernière,
Visiter l'affligé ? bel ange, soutiens-moi !
— Que dites-vous, ma fille ?

                      —Écoutez ces cantiques !
Du Dieu qui m'a jugée ils proclament la loi.
Ecoutez ! le Seigneur, m'ouvrant les saints portiques,
M'appelle-t-il à lui ? n'entendez-vous donc pas
Des vierges de Sion les voix mélancoliques
Chanter sur le luth d'or les hymnes du trépas ?
Comme l'enfant qu'endort une voix bien-aimée,
Bercée à ces doux chants ma douleur s'est calmée.
Je vais donc m'endormir ! Et votre enfant demain
Ne s'éveillera point pour pleurer ! — Votre main
Que vous avez tendue en aide à ma misère,
Laissez-moi la baiser encor ! — Adieu, mon père !
Une molle langueur presse et ferme mes yeux ;
Et, tout resplendissant de clartés immortelles,
L'ange de la Pitié, remontant vers les cieux,
M'emporte doucement sur ses célestes ailes.

La jeune pénitente a cessé de parler.
Le vieillard attendri sentait ses pleurs couler ;
Il se lève, il étend une main paternelle,
Et, bénissant l'enfant qu'il absout — il l'appelle.
Ah ! ne l'éveillez point ! ses vœux sont accomplis.
Portez, portez des fleurs ! qu'au parfum d'hyacinthe
L'encens qui monte aux cieux mêle son odeur sainte.
Pour cacher son sommeil sous leurs pudiques plis.
Que des voiles de lin les longs tissus la couvrent !
Elle repose en paix ! — Dans sa pitié pour tous,
Celui qui dit aux yeux de l'aveugle : *qu'ils s'ouvrent !*
Aux yeux lassés de pleurs dit aussi : *fermez-vous !*

DEUXIÈME LIVRE

UN SOUVENIR DE DEUIL. (1)

> Speranza, o desir sempre fallace !
> PÉTRARQUE.

Ils ont dit : il faudrait, l'éloignant de la France,
Sous le ciel d'Italie abriter sa souffrance.
D'un salutaire exil impérieux arrêt !
Elle partit ! l'espoir consolait son regret.

Studieuse cité, rivale d'Epidaure,
Elle est venue à toi, docte Pise, et t'implore !
Evoque ta science ; et, domptant sa douleur, ·
Qu'il soit glorifié, ton art libérateur !
Sauve-la du trépas ! et dans ta basilique,
De sa reconnaissance un présent magnifique
Enrichira l'autel où ton peuple pieux
Vient fêter *Ranieri*, qui le protége aux cieux.

Marie d'Orléans, duchesse de Wurtemberg, décédée à Pise, duché de
Toscane, en 1839.

Décembre alors touchait à sa dernière borne,
Dans sa course emporté par le froid Capricorne.
Mois révéré qui vit naître le fils de Dieu !
Comme à l'hôte qui part on vient dire un adieu,
Le soleil se montra réchauffant la nature ;
L'oiseau joyeux chantait sur l'arbre sans verdure.
Malade, elle a voulu, sentant son corps transi,
Voir ce soleil qui vient la visiter aussi.
Sur le bord de sa couche, assise, elle demande
Qu'un tiède et doux rayon sur sa langueur descende,
Lasse et faible à porter le poids lourd de ses maux.
Elle est là qui regarde à travers les vitraux,
La foule promenant sur la publique voie,
Comme aux saints jours chômés, ses loisirs et sa joie ;
Elle écoute l'Arno qui s'enfuit à la mer,
Se rappelant alors le souvenir bien cher
Du fleuve qui souvent sur la grève brumeuse
La voyait, devançant l'aurore paresseuse,
S'inspirer des tableaux d'un matin printanier ;
Le soir, sur la pelouse, autour du maronnier,
Dansant insoucieuse avec ses jeunes frères.
Et maintenant souffrante aux rives étrangères
Où manque à son chagrin le baiser maternel,
L'œil à demi voilé du nuage éternel,
Elle songe à ces temps où sa noble jeunesse
D'un splendide avenir accueillait la promesse ;
Vers la vie elle tourne un languissant regard
Et pleure à voir si tôt approcher le départ.
Mais ses yeux plus brillants démentent cette crainte ;
D'une vive rougeur sa pâleur s'est empreinte ;
Le froid n'engourdit plus ses membres ; oui : sa main
Qui tous les jours s'ouvrait charitable, demain,
Quand les pauvres viendront, ne sera point fermée.
Hélas ! pour un moment sa vie est ranimée !
D'un flambeau qui s'éteint, c'est l'éclat fugitif ;
C'est le dernier effort — l'arrêt définif !

Et le prêtre était là, disant l'oraison sainte.
Elle, joignant ses mains, murmura cette plainte :

Oh ! que ne puis-je m'envoler
Sur les ailes de la colombe !
Et, prompte voyageuse, aller
Avant qu'on m'enferme en la tombe,
Revoir ma mère qui m'attend,
Et vous, mes sœurs, que j'aime tant !
Au banquet du soir réunie,
Je prendrais mon dernier repas,
Et je ne m'endormirais pas
Sans que mon père m'ait bénie !

Hélas ! mon rêve était si beau !
Le monde m'entourait de fêtes ;
Et, m'éclairant de son flambeau,
La gloire avait des palmes prêtes
Pour couronner mon jeune front.
Et demain mes jours finiront !
Au désert, ainsi le mirage
Fait voir aux pauvres pélerins
L'eau jaillissante, et des jardins
Pour s'y reposer du voyage.

Le fruit qui n'est point mûr encor
Au rameau maternel demeure,
Dieu juste ! et de sa robe d'or
Vous le parez avant qu'il meure ;
Mais de notre jeune saison
Souvent vous séchez le bouton
Avant qu'il s'ouvre et qu'il fleurisse !
Pourquoi nous faire naître alors ?
Qu'importe à la fleur les trésors
Restés au fond de son calice !

Mais j'ai foi dans votre bonté ;
Et, chassant le doute et la plainte,
Ma consolante piété
Répète la parole sainte :
« Ne songe point au lendemain :
» L'oiseau trouve sur son chemin

» L'onde fraîche où sa soif s'étanche ;
» Et, lorsque le soir est venu,
» Il trouve le chêne touffu
» Et s'endort bercé sur la branche. »

Sa lamentable voix s'éteint ; l'homme sacré
Soutient sa défaillance et s'écrie inspiré :

Jeune âme chrétienne,
Lutte sous la peine !
Oui : c'est la douleur
Qui te purifie
Pour un sort meilleur
Après cette vie !
Ton divin Sauveur
Subit sur la terre
Cette même loi :
A la coupe amère
Il but, comme toi !
Souffre donc ! la peine
Est comme ici-bas
Toute chose humaine
Qui ne dure pas !
Jeune âme plaintive,
Ton ange gardien
A ton aide arrive,
Céleste soutien.
Espère ! il demande
Priant avec moi,
Que de Dieu sur toi
La pitié descende !
C'est un châtiment,
Cette infirme vie
D'angoisses remplie ;
Mais, juge clément,
Dieu, dans sa balance,
De notre existence
Pèse le fardeau,
Comme au faible agneau

Qui craint la froidure,
Novembre arrivant,
Sa bonté mesure
La pluie et le vent.
Sonne, heure dernière !
Heure du repos !
Suspends tes sanglots,
Ame prisonnière,
Ton exil finit !
Comme l'hirondelle
Essayant son aile,
S'élance du nid ,
Va, brisant la chaîne
Des jours de labeurs,
Pour prix de ta peine,
Voir dans ses splendeurs
L'éternel qui voile
Aux terrestres yeux
Son front radieux ;
Et nouvelle étoile,
Parure des cieux,
Brille encore aux yeux,
Pure, douce et belle !
Sur notre séjour,
Lumière immortelle,
Verse avec amour
Ta timide flamme ;
Reçois notre adieu !
Pars donc ! va, jeune âme,
T'asseoir au milieu
Du groupe des anges,
Chantant les louanges
Du Dieu qui peut tout,
Du Dieu qui t'absout !

Et le regard fixé sur la céleste voûte,
A genoux, l'homme saint voyait, montrant la route,
Des anges qui venaient, envoyés du Seigneur,
Des palmes à la main, chercher leur jeune sœur.

LE BÉNITIER.

—

A MA PETITE FILLE.

—

> Nec deus est, nec religio, ubi non est caritas.
>
> LA BULLE UNIGENITUS.

C'est mon Ephisia, ma joyeuse espérance,
Que Dieu nous a donnée en un jour de clémence.

Quand la cloche ébranlée au sommet de la tour,
Sonne, annonçant au loin l'heure de la prière,
Pieuse enfant, tu vas, sanctifiant ce jour,
T'agenouiller au temple, à côté de ta mère,
Pour demander que Dieu, bénissant nos destins.
Loin de notre foyer écarte les chagrins.
Va prier ! le Seigneur à qui plaît l'innocence,
N'a-t-il pas dit : laissez venir à moi l'enfance.

Te voilà dans l'église : arrête un moment ; vois
Cette coupe où ta mère a puisé l'eau bénite ;
Où tu voudrais aussi tremper tes jeunes doigts.
Mais tu ne pourrais point, encore si petite,
Sur le bout de tes pieds appuyant tes efforts,
Du vase avec ton front toucher même les bords.
Voici ta part, prends-la ! quelque bien qui m'advienne,
Ainsi toujours ta part est faite avec la mienne.

Au-dessus de la coupe, un ange voyageur.......
(Regarde : on le dirait descendu de la voûte)
De ses ailes de marbre étale la blancheur.
Bel enfant, comme toi, s'amusant sur sa route,
Il vient se contempler, penché sur ce miroir,
Et, si jeune et si pur, il sourit à se voir.
Anges gardiens, venez ! que vos célestes ailes
Couvrent d'Ephisia les jours encor si frêles !

Comme ce fils du ciel, solitaire et rêveur,
Qui tient sur l'onde ainsi ses paupières baissées,
Souvent nous regardons au fond de notre cœur
Où flottent comme l'eau nos mobiles pensées ;
Miroir qui, nous disant aussi la vérité,
Reflète la laideur de l'âme — ou sa beauté.
Roulant un noir limon, que le torrent du monde,
Ame d'Ephisia, loin de toi passe et gronde !

Dans ce miroir un jour tu te contempleras,
Sans doute, et tu voudras ne point te trouver laide.
Eh bien ! du droit sentier ne te détourne pas ;
Qu'à de méchants désirs jamais ton cœur ne cède :
Ils te feraient semblable à cette tendre fleur
Dont un souffle orageux a fané la fraîcheur.
Du cœur d'Éphisia, miroir toujours fidèle,
A ses yeux satisfaits montre-la toujours belle !

Si Dieu t'a faite riche, il faut te souvenir
Qu'il peut te retirer ce même bien qu'il donne,
S'il ne te jugeait plus digne de l'obtenir ;
Et c'est la Charité, lorsque tu fais l'aumône,
Qui dit alors : Seigneur, soyez-lui généreux ;
Emplissez d'or sa main qui s'ouvre aux malheureux.
Ouvre-la donc, ma fille, au pauvre qui demande :
Dieu te mesurera ses dons à ton offrande.

Sage et douce, il faudra craindre d'offenser Dieu ;
Garde la pureté de ta sainte innocence
Et tu seras un ange en ce terrestre lieu ;
Et tu pourras alors — (céleste ressemblance)
Dans le fond de ton cœur par nul trouble agité,
Te mirer — et sourire à ta félicité.
Va prier maintenant que le Dieu qui t'écoute
De protecteurs abris borde ta longue route !

LE CRI DE TOUS.

—

Tutti quanti.

Ma mère ! premier cri que prononce la bouche,
Premier besoin du cœur, quand l'enfant sur sa couche
Pleure à sentir déjà l'étreinte des douleurs :
Les baisers maternels ont endormi ses pleurs.
Premier instinct du cœur averti qu'une mère
Est le soutien que Dieu nous donne sur la terre.
Oui : grandis pour l'aimer ! que ton pieux amour,
Enfant, de tant de soins la récompense un jour !
Sa vie est à la tienne offerte en sacrifice :
Aime-la donc beaucoup pour que Dieu te bénisse !

Le voilà venu, l'âge où changeant de désirs,
Le cœur adolescent passe à d'autres plaisirs.
Comme l'oiseau des mers qu'on voit penché sur l'onde,
D'un vol insoucieux raser le flot qui gronde,
Et puis qui dans les airs, tout-à-coup s'élevant,
Livre son blanc plumage aux caprices du vent,
Incrédule au danger, joyeuse jeune fille,
Au milieu du grand monde, où ton bel âge brille,
Tu folâtres, rieuse aux propos séducteurs ;
Mais ton pied confiant a glissé sur les fleurs
Dont le vice couvrait les piéges qu'il te dresse ;
Tu vas tomber : — Ma mère ! a crié ta faiblesse.
Oui : que son souvenir te vienne protéger ;
Songe à son tendre amour que tu vas affliger ;
Sauve-toi dans ses bras, où ta frêle innocence
Retrouvera l'appui qui soutint ton enfance !

4

Ma mère ! dernier cri que du fond de son cœur,
Jette l'homme expirant sur son lit de douleur ;
Dernier appel d'amour à la seule tendresse
Qui ne manqua jamais à nos jours de tristesse !
Sur ce funèbre lit il la retrouve encor :
Aux mystiques clartés des sept chandeliers d'or,
Il voit venir des cieux sa mère qu'il appelle,
Qui sur lui se penchant quand sa force chancelle,
D'une invisible étreinte embrasse sa langueur ;
Et lui montrant le Ciel, où finit la douleur,
Lorsque de son exil le terme enfin arrive,
Reçoit dans un baiser son âme fugitive !

LA PRÉDICTION.

Irène est son doux nom. Ses fraîches destinées
Ont dans leur cours à peine atteint dix-sept années.
Des docteurs avaient dit (prophètes de malheur) :
Pour ce monde orageux, trop délicate fleur !
Comme un jeune églantier qui mollement s'abaisse
Quand dans son vol léger la brise le caresse,
Frêle et pâle, inclinant son front adolescent,
Elle inspirait d'abord un charme attendrissant.
C'était d'un jeune enfant la grâce encor timide
Et le chaste regard avec l'âme candide,
Comme nous apparaît dans nos rêveuses nuits
Un bel ange qui vient sourire à nos ennuis.
Sinistre enseignement, l'oracle d'Épidaure
Portant le trouble au cœur de l'époux qui l'adore,
Il ne la quittait point, soigneux d'un bien si cher.
Comme le nautonnier sur l'inconstante mer
Suit à travers l'azur la course du nuage,
Pour ne point se laisser surprendre par l'orage,
Il veillait attentif à son moindre désir,
Tremblant qu'elle eût un vœu qu'il ne pût accomplir.
Un jour qu'il l'admirait, son œil s'emplit de larmes.
Oh ! dit-elle, je sais quelles sont tes alarmes :
Tu me contemples belle ; et te voilà pensant
Au sort que m'a prédit l'oracle menaçant.
Oui : je sais ton effroi ! leur méchante parole
A donc prophétisé que je deviendrai folle ?
Mon esprit serait-il faible ainsi que mon corps,
Qui plie au moindre poids, et que tu viens alors,
M'enlaçant de tes bras, soutenir quand il cède ?
A mon esprit aussi ne viens-tu pas en aide ?
Aussitôt qu'à tes yeux mon front semble pâlir,
Du mal que je n'ai point croyant me voir souffrir,

Tu m'entoures de soins, de tendresses, de joie :
Près de son nouveau-né sous les rideaux de soie,
Où s'essayant à vivre il sommeille agité,
La jeune mère ainsi le cœur inquiété
Le couvre avec amour de baisers et de larmes ;
L'enfant joyeux s'éveille et rit à ses alarmes.
Ainsi fais-je à ta crainte. Oh ! moi, je n'ai point peur !
Suis-je en effet si faible à porter la douleur ?
J'ai — bien jeune — eu ma part de chagrins sur la terre !
Et j'avais déjà bu dans cette coupe amère
Qu'à mes pieds tu brisas, mon bien-aimé, le jour,
Pauvre orpheline, où Dieu m'envoya ton amour.
A mes embrassements ma mère fut ravie !
Quelle peine plus grande afflige notre vie ?
Je l'aimais tant, ma mère ! — enfant j'ai bien pleuré !
Oh ! tu ne m'as point vue alors, l'œil égaré,
Courir, les bras tendus, cherchant ma mère absente ;
Toujours prête à venir, lorsque j'étais souffrante,
Pour me prendre en ses bras et me baiser au front ;
Qui ne vient plus — qu'en vain mes cris appelleront !
Je l'aimais tant, ma mère ! — et pourtant suis-je folle ?
Tu le vois : je suis forte et ta crainte est frivole.
Sous le bonheur, ce poids plus lourd à soulever,
Dois-je donc succomber ? quel bien, pour m'éprouver,
Plus grand que ton amour où se suspend ma vie,
Comme autour de l'ormeau se balance fleurie,
La faible clématite avec ses bouquets bleus.
Dans les songes charmants où s'égarent nos vœux,
Quand l'air est chaud, qu'on va s'asseoir sous le feuillage,
Fut-il plus de bonheur rêvé par le jeune âge
Que le contentement que je goûte avec toi ?
Et pourtant suis-je folle ? — Oh ! calme ton effroi !
N'as-tu point vu l'oiseau sur la mouvante cime
De l'arbre qui se penche au-dessus de l'abîme ?
A-t-il donc peur ? il chante — et moi je chante ainsi.
Comme le jeune oiseau, Dieu me protége aussi.
Alors elle opposait aux frayeurs qu'elle inspire
Et de folâtres chants et son plus doux sourire ;
Etreignant de ses bras son époux soucieux,
Comme pour défier le sort capricieux.

Prêt à partir sans moi, la crainte ici t'enchaîne :
Tu n'oses me quitter. — Eh quoi ! la faible Irène
N'est pas, tu le vois bien, si délicate fleur.
Le vent d'orage, et puis le souffle du bonheur
Ne l'ont point renversée ! — Entreprends ce voyage.
Comme tu m'as laissée heureuse, fraîche et sage,
Tu me retrouveras ; ce sont là tes trésors :
J'en aurai soin.
                    Il part.
                                Mai fleurissait alors.
Elle voulut aller dans un agreste asile
Avec ses souvenirs vivre loin de la ville.
C'est à l'ennui du cœur qu'il faut, dans les cités,
Le spectacle excitant des bruyantes gaîtés ;
Par un doux souvenir quand notre âme est bercée,
Elle se plaît alors seule avec sa pensée,
Comme avec son trésor l'avare s'enfermant.
Ah ! ne jalousez point dans leur contentement
Ceux dont les jeux du monde amusent l'existence !
Mais enviez celui qui, cherchant le silence,
Solitaire, s'en va sous l'ombrage embaumé
S'entretenir avec un rêve bien-aimé !
Trois mois au plus devaient suffire à cette absence.
Elle se prolongea. Si le mois qui commence,
Écrit-elle, finit avant ton doux retour,
Alors je serai mère — et puisse à notre amour
Le Ciel donner un fils qui sera ton image !
Le mois s'est écoulé. Lui, poursuit son voyage ;
Elle fut mère ! — O ciel ! que ce bonheur nouveau
Remplit son cœur de joie ! — et son fils — qu'il est beau !
Déjà qu'avec tendresse il sourit à sa mère !
Toujours à son réveil elle accourt la première ;
C'est elle qui toujours l'endort sur ses genoux,
Qui le porte en ses bras. — Quand viendra mon époux,
J'irai jusqu'au détour de la longue avenue,
Avec ce don charmant fêter sa bienvenue.
Que plus belle à tes yeux, notre enfant dans mes bras,
Que plus joyeuse encor tu me retrouveras,
Disait-elle ! — Viens voir ce fils qui te ressemble,
Et moi, la frêle fleur — et pour qui ton cœur tremble ;

Moi que ton doux amour, que l'amour maternel,
Ces deux félicités qui me viennent du ciel,
Rendent forte à l'égal de leur double puissance !
Trois mois passent encor — derniers regrets d'absence !
Enfin, de son pays il reprend le chemin ;
Il se presse — il accourt. Espoir charmant ! demain
L'aube luira brillante à son jour d'arrivée !
Demain combien de joie à son cœur réservée !
Son fils ! — Irène encor plus chère à son amour !

Voici l'aube qui luit ! l'aube de ce beau jour !
Il est entré sans bruit. Il voit sa bien-aimée
Qui, d'une main berçant la couche parfumée,
De son fils sur des fleurs endort les jours nouveaux,
Et de son autre main écartant les rideaux,
Sourit à son sommeil, le regarde attentive.
Sa douce voix disait cette chanson naïve :

  Dors, bien vite, enfant, dors !
  Et tu verras alors
  Un ange qui se penche,
  Te regardant si beau
  Dormir dans ton berceau ;
  Puis sur son aile blanche
  Il t'emporte rêvant
  Et bercé par le vent,
  A la source où l'eau douce
  Fuit sous les orangers,
  Comme les pas légers
  D'un oiseau sur la mousse.

Sa caressante voix s'arrête : son époux
Derrière elle, muet, l'œil au Ciel, à genoux,
Tout charmé, rendait grâce à la bonté divine.
Elle reprit bien bas la chanson enfantine :

  Dors ! pour que l'ange ami
  Te transporte endormi

A la belle fontaine
Où tu boiras le miel
Avec les fils du Ciel.
Pour toi la coupe est pleine,
La coupe toute d'or.
Bois, enfant ! bois encor !
Ainsi ta fraîche vie,
Source d'enchantements,
De mille dons charmants
Sera toujours remplie !
—Oui, toujours ! me voici : tourne les yeux sur moi !
Pour embrasser ton père, enfant éveille-toi !
Et, souriant, il court vers eux, l'âme attendrie.
Mais quoi ! l'enfant n'est point sur la couche fleurie !
Mon fils ! — où donc est-il ?
                            — Oh ! parle doucement !
Il vient de s'endormir. — Tandis qu'il est dormant,
Pour le montrer au Ciel l'ange avec lui s'envole !
Son fils ! — il était mort. — Sa femme ! elle était folle.

LA POINTE DU SÉRAIL.

—

Il est nuit : le harem sommeille ;
Et sur le seuil mystérieux,
Debout, l'eunuque est là qui veille.
La porte s'ouvre ; de ces lieux
Sortent de jeunes filles belles,
Toutes se confondant entre elles,
Comme seraient des sœurs jumelles,
Ou ce groupe d'astres aux cieux.

Le long du bois, vers le Bosphore,
Où s'en vient le flot caressant
Baigner le pied du sycomore,
Elles arrivent en dansant.
L'Africain qui suit en silence,
Regarde avec indifférence
Cette gracieuse innocence
Qui devant lui joue en passant.

Mes sœurs, à cette île prochaine
Que les démons n'habitent plus (1)
Ne pensez-vous pas qu'on nous mène ?
Voici les nautonniers venus.
Allons cueillir sur les collines
Un diadème d'églantines,
Et puis sur les algues marines
Courir sans voile et les pieds nus.

(1) L'île des Princes, que les anciens nommaient *Demonese*.

Demain le mois des fleurs commence.
Au vallon du Printemps, ce soir
Transportant, notre résidence,
Sultan *Mahmoud* nous veut-il voir ?
L'heure est solitaire et muette,
Aux eaux douces, fraîche retraite,
Et caché dans l'ombre discrète,
Est-il là, notre cher espoir ?

A mes yeux charmés qu'il se montre,
Le nouveau maître de nos cœurs !
Mes sœurs, allons à sa rencontre
Avec des couronnes de fleurs.
On dit qu'il est beau, jeune et tendre :
Il est doux, le culte à lui rendre !
Ah ! pour l'épouse qu'il va prendre,
Que d'amour, de gloire et d'honneur !

Et l'eunuque dit ces paroles :
Vous troublez le sérail qui dort.
Interrompez vos danses folles ;
Damnation à votre sort !
Sultan Sélim perdant la vie,
Vous accusa de perfidie ;
Mahmoud le Juste vous châtie,
Et voici le firman de mort.

Juste ciel ! on nous calomnie !
Nous, complices d'un assassin !
Le bien-aimé de notre vie,
Sélim, pleuré soir et matin,
Tombant sous le fer d'un perfide,
N'a pu du complot homicide
Accuser notre amour timide.
— Il faut mourir ! dit l'Africain.

Ah ! laissez-nous revoir l'aurore.
— Vous ne vivrez plus au matin !

— Par pitié ! laissez-nous encor'
Prier le prophète divin !
Ces jeunes filles sur la pierre,
A genoux, disaient leur prière,
Pâles, ainsi que ta lumière,
Astre qui luit sur ce jardin.

Mourez ! dit l'homme au noir visage.
L'astre, à ce spectacle odieux,
Soudain s'est voilé d'un nuage.
On entend des cris douloureux
Et le bruit de l'onde qu'agite
Un poids lourd qui s'y précipite.
On n'entendit plus rien ensuite ;
Tout demeura silencieux.

Le voile nuageux se lève.
Les gardiens de ces tristes lieux
Sont restés là — seuls sur la grève.
Les barbares ! — En vain les yeux
Cherchent ces jeunes filles belles,
Toutes se confondant entre elles,
Comme seraient des sœurs jumelles,
Ou ce groupe d'astres aux cieux.

LE DOUTE.

—

> Ne croyez pas que je vais dire
> Qui j'ose aimer ;
> Je ne voudrais pour un empire
> Vous la nommer.
>
> ALFRED MUSSET.

Le prêtre avait quitté l'autel.
A genoux, restant la dernière,
Elle implorait encor le Ciel
Pour les jours souffrants de son père.
Et moi, non loin d'elle, à l'écart,
Je priais le Ciel de l'entendre.
Elle me sourit, triste et tendre,
Levant sur moi son doux regard.

O vous qu'un cœur de femme aima d'amour fidèle,
Dites : je vous croirai ; dites : suis-je aimé d'elle ?

Le rosaire en sa main caché
Est tombé dans la basilique.
Qu'avec respect je le touchai !
Lui rendant la sainte relique
Quand ma bouche effleura sa main,
Je vis rougir son beau visage ;
Et sous son pudique corsage,
Je vis troublé battre son sein.

O vous qu'un cœur de femme aima d'amour fidèle,
Dites : pourquoi rougir? dites : suis-je aimé d'elle ?

Marraine elle est d'un nouveau-né,
Et je la suis au presbytère.
Le doux nom qui sera donné,
Jusqu'à ce jour fut un mystère.
A l'enfant dont le front chrétien
Est béni par l'eau du baptême,
Elle imposa le nom qu'elle aime.......
Et ce nom si cher — c'est le mien.

O vous qu'un cœur de femme aima d'amour fidèle,
Est-ce là son secret ? dites : suis-je aimé d'elle ?

Un pauvre a dit, tendant la main :
« Dieu, quand vous nous faites l'aumône,
» Vous regarde : donnez, afin
» Que le Seigneur aussi vous donne.
» Le pauvre en ce monde n'a rien ;
» Mais au Ciel il a sa prière. »
Elle vida sa bourse entière ;
Prenez ! et pour moi priez bien.

O vous qu'un cœur de femme aima d'amour fidèle,
Dites-moi, suis-je aimé ? dites : qu'espère-t-elle ?

Un jour elle me vit souffrir ;
Car l'amour n'est-ce point la fièvre ?
Elle m'offrit, pour me guérir,
Une sainte image où sa lèvre
Imprima des baisers dévots.
J'ai foi, dit-elle, à la madone :
Implorez-la ! sa bonté donne
Au cœur malade un doux repos.

O vous qu'un cœur de femme aima d'amour fidèle,
Pourquoi tant de pitié ? dites : suis-je aimé d'elle ?

A son balcon elle paraît :
La noce du hameau l'appelle.

La mariée à son bouquet
Ote une fleur. « Mademoiselle,
La fleur d'hymen porte bonheur. »
Elle sourit à ce présage ;
Et, recevant le doux hommage,
Elle mit la fleur sur son cœur.

O vous qu'un cœur de femme aima d'amour fidèle,
N'est-ce point un aveu ? dites : suis-je aimé d'elle ?

La patrie arme ses enfants ;
Et cet autre amour de ma vie,
Mon doux pays que je défends,
Sous sa bannière me rallie.
Je vais partir. Touchants adieux !
J'ai vu ses naïves alarmes,
Et quand elle a touché mes armes,
Son regard implorait les cieux.

Vous dites qu'elle m'aime — et moi, toujours fidèle,
Quand je revins — l'hymen avait disposé d'elle !

UNE DATE.

—

> Do you remember it?
>
> —
>
> That day I often remember.....
>
> MILTON.

T'en souviens-tu? c'était le soir,
Dans le mois où les blés jaunissent,
A l'heure où les travaux finissent ;
Quand déjà l'on commence à voir
Sur le ciel bleu l'ombre flottante ;
Au bord du nid quand l'oiseau chante ;
Et s'arrêtant, quand sous la tente
La caravane va s'asseoir.
      C'était le soir !

T'en souviens-tu? ce même soir
A l'heure du dévot cantique,
Lorsque, ébranlant la tour gothique,
La cloche du pieux manoir
Sonna, nous nous agenouillâmes ;
Et, du plus profond de nos âmes,
Nous donnant la main, nous priâmes
Pour que Dieu bénît notre espoir
      Ce même soir !

T'en souviens-tu? quel plus beau soir
Vint jamais clore la journée
D'une terrestre destinée !
Toute chose semblait avoir,
Comme nous, sa part d'abondance ;
Une hymne de reconnaissance
Montait vers Dieu, comme s'élance
Un doux parfum de l'encensoir.
     Quel plus beau soir !

T'en souviens-tu? le vent du soir
Vint à passer ; et dans sa fuite
Effeuillant les fleurs qu'il agite,
A tes pieds les faisait pleuvoir
Comme aux pieds d'une souveraine.
Oui : sur ses pas que votre haleine
Sème des fleurs : c'est une reine,
Et plus belle ne se peut voir,
     Brises du soir.

T'en souviens-tu? l'oiseau du soir
Jeta son cri. Ta peur fut vive !
On eût dit une voix plaintive.
Couvrant tes yeux pour ne rien voir,
Dans mes bras tu cachas ta crainte.
Je tremblais — non de cette plainte ! —
Mais sous une si douce étreinte
A sentir son cœur s'émouvoir,
     Oiseau du soir !

T'en souviens-tu? l'astre du soir
Eclaira le feuillage sombre,
Comme un ami guettant dans l'ombre
Et qui tout-à-coup se fait voir
Quand des adieux l'heure est venue.
Nous suivions la longue avenue ;
Et tout bas suppliant la nue
De couvrir de son voile noir
     L'astre du soir !

T'en souviens-tu ? — Quand vient le soir,
Heure sainte, heure de relâche,
Alors interrompant ma tâche,
Seul et triste, je vais m'asseoir
Sur le gazon que nous foulâmes,
Où s'enlacèrent nos deux âmes,
Je m'agenouille où nous priâmes,
Et pleure de ne plus te voir
Quand vient le soir !

LÉNA.

—

Nessun maggior dolore
Che recordarsi il tempo felice
Nella miseria !

DANTE.

Palerme la vit naître. Une main étrangère
Soigna dans le berceau ses premières douleurs ;
Et quand s'ouvrant au jour son œil versa des pleurs,
Il ne rencontra point le regard d'une mère :
Sous le pénible effort d'un long enfantement
Sa mère s'éteignit. Oh ! combien est à plaindre
La fille que sitôt ce malheur vient atteindre !
Qui lui rendra la force aux jours d'abattement,
Pauvre enfant destinée à souffrir sur la terre ?
Sous un fiévreux désir quand son cœur frémira,
Quel guide, confident de ce premier mystère,
A son naïf amour en aide alors viendra,
De peur qu'il ne s'égare en la mauvaise route ?
Un père ? — il intimide — et puis, ambitieux,
Il a sa fièvre aussi, ses rêves soucieux.
Mais toujours une mère est là, qui nous écoute,
De nos biens, de nos maux prenant une moitié,
Pour ne laisser jamais notre âme solitaire.
Ah ! — c'est être orphelin de n'avoir plus de mère !
Vous dont le cœur est noble et s'ouvre à la pitié,
Quand vous rencontrerez dans ce monde égoïste
Où chacun juge et blâme, où nul ne nous assiste,
La jeune fille, hélas ! sans l'appui maternel,
Et de séductions partout environnée,
Qui joue insouciante avec sa destinée,
Accourez ! suivez-la d'un regard fraternel,

5

A travers ces écueils où court son imprudence,
Et prêt à lui porter votre pieux secours.
Quand ses pleurs couleront — oh ! prenez sa défense !
Elle priera pour vous, Dieu bénira vos jours.

A l'ombre d'un couvent, solitude profonde
Où n'arriva jamais le bruit des jeux du monde,
Entre des soins dévots et d'innocents plaisirs,
Léna, folâtre enfant, partageait ses loisirs.
Elle voyait alors finir avec l'année,
De ses joyeux quinze ans la dernière journée.
C'était le terme aussi de sa captivité.
Et sans que de son cœur le vœu soit consulté,
Au riche Grimaldo son père l'a promise.
Du seuil de sa cellule on la mène à l'église,
Où d'un serment sacré l'irrévocable loi
A l'époux qu'on lui donne engagera sa foi :
De ses graves parents la mûre intelligence
A tout réglé pour elle, a tout prévu d'avance.
Interprètes fâcheux de ce cœur enfantin,
Pouvez-vous découvrir à l'horizon lointain
La route qui là-bas, couverte d'un nuage,
S'ouvre pour la conduire au terme du voyage ?
Mais vous savez du moins qu'un gouffre menaçant
Borde les deux côtés de ce sentier glissant ;
Et craignant les faux pas d'un pied faible et timide,
Imprudents ! avez-vous choisi le meilleur guide ?
Attendez que plus tard, le cœur mieux éveillé,
Par son propre désir soit aussi conseillé.
Trop vains raisonnements ! Il faut sans résistance
D'un juge inexorable accepter la sentence.

Grimaldo n'est plus jeune ; et neuf lustres remplis
Sur son front soucieux ont imprimé leurs plis.
C'est l'approche du soir dont la naissante brume
S'échauffe aux derniers feux du soleil qui s'enfuit ;
Age où le cœur est triste et semblable à ce fruit
Mêlant à sa douceur quelque peu d'amertume.

Dans le cœur de Léna le respect filial
Pourra s'associer à l'amour conjugal.
Hymen de convenance où l'or et la noblesse
D'un splendide destin ont doté sa jeunesse.
Quel luxe de présents autour d'elle étalés !
Dans ces brillants écrins, dans ces vastes corbeilles
Que d'objets précieux ? — trésors accumulés,
De l'Inde et de la France étonnantes merveilles !
Ici des diamants ! là, dans l'or enchâssés,
Des perles, des rubis dont le riche assemblage
Des fleurs de la nature a reproduit l'image.
Ce sont d'autres jouets pour ceux qu'elle a laissés.
Tour-à-tour elle ajuste à son cou, à sa tête,
Capricieuse enfant, ces parures de fête ;
Et son jeune âge passe à ce prompt changement,
Joyeux comme il aurait changé d'amusement.
Elle aimait le plaisir ; et, si longtemps captive,
Elle prend sa volée ; ainsi qu'on voit l'oiseau,
S'élançant de la branche où flottait son berceau,
Essayer dans les airs son aile fugitive.

Avare possesseur d'un trésor envié,
Aux fêtes de la cour Grimaldo convié,
Distinction flatteuse offerte à sa naissance,
Acceptait à regret ces royales faveurs.
Il aurait préféré, libre et dans le silence,
D'un égoïste amour écoutant les frayeurs,
Jouir seul du plaisir d'admirer sa conquête.
Mais quoi ! faut-il ainsi fuir avant la tempête,
Lui dit l'Ambition ? et jeter l'ancre au port,
Quand un vent favorable enfle encore la voile ?
C'est trahir son destin ! c'est avant d'être mort
Inhumer de beaux jours sous le funèbre voile ;
Et sans excuse enfin faut-il s'offrir d'abord
Sous le sinistre aspect d'un directeur rigide,
Par de brusques refus blessant Léna timide ?
C'est éclairer trop tôt sa caressante erreur ;
C'est avant d'être aimé désenchanter un cœur
Dont il faut prudemment gouverner les caprices.

L'ambition l'emporte. — Alors, réalisant
De Léna qu'il chérit le rêve séduisant,
Grimaldo la conduit à ces superbes lices,
Aux fêtes du grand monde où de fraîches beautés
Luttent d'attraits, d'orgueil et de magnificence.
Acceptant le défi de ces rivalités,
Léna, riche d'atours, charmante d'élégance,
Venait éblouissante à ce nombreux concours
Disputer un triomphe et l'obtenir toujours.
Telle parmi ses sœurs l'étoile qui les guide
Et que suit l'entourant leur cortége splendide,
Telle brillait Léna, reine de ces salons.
Ces lustres enflammés illuminant la fête
Mêlaient de leurs cristaux les jaillissants rayons
Au feu des diamants qui couronnaient sa tête.
Qu'elle inspirait d'amour ! qu'elle était belle à voir !
Quel doux murmure, à peine on l'avait reconnue,
Hommage précurseur, annonçait sa venue !
C'était pour l'honorer des fêtes chaque soir.
Lui, de tant de succès avait l'âme troublée.
Quand Léna s'éloignait, à la danse appelée,
Lui, laissé seul alors à ses ennuis rêveurs,
Écoutait frémissant ce bruit d'adorateurs
Dont le cercle entourait sa gracieuse épouse.
Parmi ces bruits confus, son oreille jalouse
Croyait avoir surpris les aveux d'un rival.
Quand Léna tournoyait, par la valse emportée,
Il lui semblait la voir dans la foule agitée
Aux bras d'un ravisseur disparaître du bal.
La colère en son cœur s'exaltait bouillonnante ;
Que de fois il voulut, interrompant ces jeux,
Dans sa course arrêter cette valse entraînante !
Ainsi de son troupeau, surveillant courageux,
Un pâtre qui des loups entend hurler la troupe,
Veut aller, se jetant dans l'homicide groupe,
Apporter à son tour la menace et la mort.
La danse finissait — et Léna, revenue
Avec son doux sourire et sa grâce ingénue,
De cette âme orageuse apaisait le transport.
Et puis le lendemain, sous les mêmes tortures

Il sentait se rouvrir d'incurables blessures.
C'était trop de fatigue. — Enfin, après deux ans,
Sourd à l'ambition qui vainement l'attire,
Comme un lutteur vaincu du combat se retire,
S'affranchissant du joug de ces devoirs pesants.
Déjà lassé par l'âge, il veut dans la retraite
Trouver loin des cités le calme qu'il regrette.
Il part, et dans sa fuite il entraîne avec lui
Léna, de ce départ surprise et désolée,
Mais que d'un prompt retour l'espoir a consolée.
Quoi donc ? elle n'a point à redouter l'ennui :
L'étude de ses fleurs, le soin de sa volière
Où d'oiseaux variés la troupe familière
Viendra baiser sa main qui sème les bienfaits,
La musique, et le soir la douce causerie,
Ces plaisirs sans fatigue amuseront sa vie.
Le jeune âge inconstant n'a point de longs regrets.
Grimaldo croit ainsi.

                        Sa docile compagne
D'abord goûta ces biens pour elle si nouveaux ;
Se complaisant à voir les rustiques travaux,
A parer ses cheveux des fleurs de la campagne,
A courir sur la grève où s'impriment ses pas.
Elle aimait son beau lac où l'esquif se balance,
Les grands bois soutenant sur leurs robustes bras
Le hamac où le vent berce son indolence.
Mais lorsque vint l'hiver avec ses longues nuits ;
Et lorsque l'ouragan et la pluie et l'orfraie
Dans les froids corridors jetaient d'étranges bruits,
Elle voulut quitter ce manoir qui l'effraie.
Son beau lac est glacé ; ses prés sont défleuris,
Ses bosquets sans parfum, ses grands bois sans abris,
Et maintenant la grève où la tempête écume,
Comme sous un linceul se voile sous la brume.
Léna redemandait sa joyeuse cité,
Palerme où son retour serait si bien fêté.
De quoi lui sert tout l'or que sa demeure étale ?
Ces lustres suspendus et jamais allumés,
Et ces riches salons à la danse fermés ?

Elle pèse à son front, sa couronne ducale,
Offerte aux seuls regards d'un peuple de vassaux,
De sa captivité féodal entourage.
Ce n'est plus ce cortége au louangeur langage
Où se pressaient charmés de si nobles rivaux !
Ce n'est plus ce public, temple de Melpomène,
Lorsqu'elle apparaissait à tes solennités,
Qui sur elle attachant des regards enchantés,
Debout, battait des mains comme à la Souveraine !
Et pensive aujourd'hui, seule sur le balcon,
Elle regarde fuir la nue à l'horizon,
Et la vague qui roule au pied de la tourelle.
Flot libre, nue errante, arrêtez ! disait-elle,
Emportez-moi ! partons — je suis prête — allons voir
Palerme illuminant ses fraîches promenades ;
Et je m'endormirai loin de ce vieux manoir,
Au murmure de l'onde, au bruit des sérénades.
Mais le flot voyageur, mais le nuage errant
S'éloignaient n'emportant que son cri de détresse !
Il lui faut au manoir ramener sa tristesse,
Reprendre l'avenue où sur un double rang,
Les sapins alignés, famille séculaire,
Balancent sur son front leur ombre funéraire.

Elle avait vu passer trois longs hivers. Ses jours
Poursuivaient lentement leur monotone cours.
Au milieu des splendeurs de son vaste domaine,
Entourée de respects, son ennui se promène.

Ah ! du moins, si la mort venait nous enlevant
Quand de joie et d'amour on est encor rêvant !
Mais le réveil, hélas ! nous condamne à la vie
Comme aux labeurs forcés ceux que la loi châtie !
Beaux jours, on vous regrette ! et chaque souvenir,
Comme ces gouttes d'eau que versait la torture,
Tombant l'une sur l'autre et creusant leur blessure,
Du bonheur qui n'est plus nous vient entretenir.
Tout nous est importun ! tout nous est lassitude !
Judicieux parents, le voilà donc l'époux

Qu'a choisi pour Léna votre sollicitude ?
De son sort maintenant vous applaudissez-vous ?
Ne l'entendez-vous pas ? Tel un oiseau timide
Qui tremble et se débat sous un aigle homicide.
Aidez sa résistance — oh ! non : vous la blâmez !
Il faut savoir souffrir, dit votre vieux adage.
Les jours les plus sereins sont-ils donc sans orage ?
Le ruisseau qui d'abord sur des prés embaumés
Fuyait joyeusement échappé de sa source,
Ne rencontre-t-il pas, le gênant dans sa course,
L'arbre pendant, le roc, les filets du pêcheur,
De tout ce qui chemine, ordinaire labeur !
Instruis-toi, pauvre esclave ! une épine offensive
Sur la route a blessé ta fatigue ; et, plaintive,
Tu veux pour moins souffrir prendre un sentier meilleur :
Ne te détourne point pour asseoir ta douleur.
Ton maître est là, qui dit, quand ta douleur murmure :
Suis-moi, tu m'appartiens ! marche avec ta blessure.
Faible et femme, obéis ! poursuis donc ton chemin ;
Dieu voit ta lassitude et te tendra la main.

Eh bien ! que des parents trafiquent de leur fille !
Soit que, pour satisfaire ainsi leur vanité,
D'une illustre alliance ils greffent leur famille ;
Soit qu'une riche dot aide leur pauvreté.
Il s'agit d'un salaire — et l'enfant qu'on marie
Est là — comme un immeuble — et que l'on exproprie.
Mais vous, l'enchérisseur ? libre dans votre choix,
Achetant avec l'or sa contrainte et vos droits,
Vous dont l'âge a déjà fané les espérances ;
Barbares, unissant à vos satiétés,
Avec leur jeune espoir ces fraîches existences,
Quel prix attendez-vous de vos iniquités ?
Allez ! vous abusez d'une puissance injuste !
Votre lit d'hyménée est le lit de Procuste.

Ecoutez ! on s'agite — on court de tous côtés !
Quel péril se déclare ? — on appelle — écoutez !

Du palais à l'instant que l'on ferme la porte !
Allez ! obéissez ! que nul d'ici ne sorte !
Tout le palais s'ébranle à ce terrible accent.
C'est Grimaldo ! c'est lui, depuis trois jours absent,
Parti pour entreprendre une course lointaine
Et qu'un soupçon d'amour à Palerme ramène.
Léna ! n'entends-tu point courir ces bruits d'effroi ?
Il prononce ton nom — il menace : pourquoi,
Ces bruits t'avertissant de sa brusque visite
Et prompte à rassurer le trouble qui l'agite,
N'accours-tu pas vers lui ? Parais ! ne tarde pas :
Va, grondant ses soupçons, te jeter dans ses bras.
Mais Grimaldo se hâte — et d'une main jalouse
Ouvrant le pavillon qu'habite son épouse,
Il entre. — Sur le seuil tout-à-coup s'arrêtant,
Comme un homme frappé de la foudre à l'instant,
Il est là — debout — pâle — et saisi d'épouvante !
Quel spectacle ! Léna, sur le pavé gisante,
Le front meurtri, sanglant, ses longs cheveux épars,
Et sans parole, avec d'immobiles regards !
Il écoute — il observe — il arme sa vengeance.
La porte d'un balcon qui sur la mer s'avance,
Fermée en ce moment, fixe son œil troublé.
Quel est donc ce mystère à l'instant révélé ?
Grand Dieu ! que voit-il donc ? son visage s'enflamme.
Il jette un cri de rage — il appelle sa femme.
Elle, à ce cri terrible, entr'ouvre son regard,
Reconnaît son époux — voit luire son poignard —
Et retombe soudain ! — Lui, bouillant de colère,
La relève, l'assied — et d'une voix sévère :
Répondez ! a-t-il dit, un forfait s'est commis.
— Un forfait ?
                    — Le coupable en vain s'était promis
D'échapper par la fuite à son juste supplice !
Ah ! vous n'étiez pas seule ici !
                              —Sur quel indice ?
— Ne m'interrogez point, madame ! expliquez-moi......
— Ne vous l'ai-je pas dit ? .... la surprise — l'effroi —
Alors je suis tombée — à terre — inanimée.
— Vous n'étiez pas, vous dis-je, ici — seule — enfermée !

— Ah ! vous me faites peur ! calmez votre courroux.
— Vous n'étiez pas ici, seule — m'entendez-vous ?
— Grimaldo, je vous jure......
                                        — Inutile espérance !
Vous ne m'abusez point. Venez donc ! ma vengeance
Va le frapper.
                    — Qui donc ! qui !
                                        — Votre séducteur.
Levez les yeux — voyez ce doigt accusateur
A la porte saisi, l'arrêter dans sa fuite.
— Dieu !
              Devant son époux Léna se précipite.
— Venez : de votre corps, venez faire un rempart,
Madame !
              Il a brisé la porte : et son poignard
Se lève pour frapper. — Vain espoir homicide ;
Le doigt tombe à ses pieds : le balcon était vide.

Mais l'abîme est profond ! la plage sans abri !
Sous un nuage épais le ciel s'est assombri !
Le vent souffle orageux ! et la mer qu'il tourmente
Heurte au pied du balcon sa colère écumante !
Par la vague emporté, quel transfuge inconnu
S'échappe ? — et vainement au balcon retenu,
Livre son doigt sanglant au poignard qu'il défie ?
Quel est donc ce secret que sa fuite confie
A l'abîme s'ouvrant et soudain se fermant ?
Est-ce d'un noble cœur l'amoureux dévoûment,
Au prix de ce trépas sauvant sa bien-aimée ?
La trace des baisers sur son front imprimée,
Discret amant aurait trahi votre bonheur.
Mais ne serait-ce point aussi bien un voleur
Qui voit de Grimaldo s'armer la jalousie
Et devant ce poignard, l'âme d'effroi saisie,
S'arrachant au balcon qui le retient captif,
Au flot libérateur se livre fugitif !

Un voile épais couvrit cet étrange mystère.
Grimaldo, soupçonnant qu'il cache un adultère,

Voudrait le soulever et venger son honneur.
Ah ! pour lui maintenant il n'est plus de bonheur !
Une seule pensée et l'occupe et l'obsède :
Au vœu de sa vengeance il faut que Léna cède ;
Il faut, quand sur son front le glaive est suspendu,
Qu'elle arrache ce voile autour d'elle étendu ;
Et rachetant sa faute en livrant son complice,
Qu'elle échappe à ce prix à son propre supplice.
Grimaldo fut terrible ! autour de lui semant
La menace, les cris, la peur, le châtiment,
On eût dit l'insensé dans son fiévreux délire,
Qui, l'œil hagard, riant d'un homicide rire,
Sans pitié, sans remords, prêt à tout immoler,
A son lugubre aspect voit la foule trembler.
Devant le sombre époux qui l'entoure d'alarmes,
Léna, s'agenouillant, répondait par des larmes.
Il l'enferme — il l'observe — il écoute attentif
De ses rêves, la nuit, le murmure plaintif,
Croyant que moins discrets, ces rêves de son âme,
D'un criminel amour dénonceront la trame.
Il écoute — ce sont des pleurs ! toujours des pleurs !
Il interroge en vain ces secrètes douleurs.
D'accord pour empêcher que son vœu s'accomplisse,
Le sommeil aussi garde un silence complice.
Inhabile colère, a-t-il dit ; vain transport !
Eh quoi ! donc : je la sers en lui donnant la mort :
Dans la nuit du sépulcre elle emporte avec elle
Ce nom qu'il faudra bien enfin qu'on me révèle.
Essayons la clémence. Et, domptant son courroux,
Par besoin de vengeance il se fait calme et doux.
Tel un joûteur qui veut franchir une barrière,
La mesure de l'œil, se rejette en arrière ;
Il semble fuir le but, quand soudain s'élançant,
Il triomphe vainqueur de l'obstacle impuissant.
De sa vengeance ainsi l'apparent sacrifice
De ses soins généreux va servir l'artifice.
Aux fêtes du grand monde et dans les jeux du bal
Il veut près de Léna surprendre son rival.
Pour ravir le secret qu'en son cœur elle enferme,
Il quitte donc les champs:

                              Regarde ! c'est Palerme,
A-t-il dit : vois ces lieux chers à tes souvenirs,
Ce palais où les arts variaient tes plaisirs ;
Ces jardins où le soir, sous leur ombre odorante,
La foule autour de toi se pressait murmurante.
N'es -tu pas toujours belle ? et n'ai-je pas encor
Pour parer ta beauté les dons de mon trésor ?
Ton front sans doute est pâle et ta marche plus lente :
Tu t'embellis encor de ta grâce indolente.
Reparais donc sans crainte aux fêtes de la Cour.
Reprends ta liberté ! — ta joie — et mon amour.

Ainsi qu'un tendre amant près de sa fiancée,
Grimaldo prodiguait les généreux présents,
Le zèle infatigable et les soins complaisants ;
Mais par de si doux soins vainement caressée,
Léna qu'il conviait aux jeux de la cité,
Comme un malade enfant qui refuse l'absinthe,
Pleurait, joignant ses mains, pour n'être point contrainte.
La joie effarouchait ce cœur trop attristé.
Sous l'agitation d'une terreur constante,
Frêle et fiévreuse femme, elle vivait souffrante,
A des troubles muets abandonnant son cœur.
La voix de Grimaldo qui frappe son oreille,
Comme d'un mauvais songe en sursaut on s'éveille,
L'arrachait brusquement à son chagrin rêveur.
Sa raison s'égarant avait des craintes folles ;
C'est la mort sur les flots assise, qu'elle voit
Tendre vers le balcon sa main où manque un doigt ;
Et se voilant les yeux, murmurant des paroles
Que l'on n'entendait point, sans force pour s'enfuir,
Pâle, elle défaillait, croyant déjà sentir,
Frissonnante à travers les ombres éternelles,
Que le fantôme noir l'emportait sur ses ailes.

On ne la revit plus, reine de la beauté,
S'entourant dans les bals d'amoureuses conquêtes.
Dédaigneuse aujourd'hui de parure et de fêtes,
Sous d'obscurs vêtements, ange de charité,

Elle va visiter le pauvre en sa demeure ;
Porter la sainte offrande à l'orphelin qui pleure,
D'un sourire de mère accompagnant ce bien.
Et quand ils s'étonnaient que plaignant leur souffrance,
Elle vînt sous le chaume asseoir son opulence :
Le pain vous manque ? à moi ne manque-t-il donc rien ?
Disait-elle ? je souffre aussi ! prions ensemble ;
C'est le même point d'appui qui nous rassemble.
Et l'orphelin, le pauvre, elle, à genoux comme eux,
Echangeant leur pitié, leurs larmes et leurs vœux,
L'un pour l'autre priaient le Dieu puissant qui donne
A toutes les douleurs sa charitable aumône.

Et pourtant Grimaldo, l'œil autour d'elle ouvert,
Quatre ans déjà passés, n'avait rien découvert.
A toute heure, en tout lieu poursuivait sans relâche
De ses ressentiments la ténébreuse tâche.
Malheureuse Léna ! chacun gémit sur toi !
Mais le courroux du maître inspire à tous l'effroi :
Nul n'ose le braver ; et la pitié craintive
Se borne à te donner une larme furtive.

Mais enfin Grimaldo lui-même infortuné,
Autant que sa victime aux douleurs condamné,
Se lasse à voir les pleurs qu'il fait toujours répandre.
Cette voix qui gémit, il est las de l'entendre.
Léna s'éteint contente à voir la mort venir.
Sans preuve accusatrice ose-t-il donc punir,
Et n'est-il qu'un bourreau quand il croit être un juge ?
Il tremble d'être injuste. En effet, ce transfuge
A-t-il dit, n'est-ce point un voleur qui, la nuit,
Dans sa chambre isolée a pu s'être introduit,
S'échappant à ma voix tout-à-coup entendue ?
A l'aspect du voleur, Léna tout éperdue
A dû s'évanouir sous l'excès de la peur,
Oui : j'ai donc sur la foi d'un indice trompeur,
Armant de cruautés ma colère implacable,
Creusé la tombe avant de trouver le coupable ?

Ah ! je ne t'absous point — mais je n'accuse plus.
Léna ! quand mes soupçons flottent irrésolus,
Viens, par pitié ! viens donc, chassant mes défiances,
Devant le Dieu qui lit au fond des consciences,
Confesser que ton cœur est pur — que ce n'est pas
Un rival — un amant — dont je veux le trépas.
Je croirai ton serment. Ah ! qu'il me satisfasse !
Et, tombant à tes pieds, j'implorerai ma grâce.

Voici venir vers eux un humble franciscain,
Qui s'incline tendant une quêteuse main :
Pour une œuvre de bien, frère, je vous implore.
De votre charité que le don généreux
Aide à sanctifier l'âme d'un bienheureux !
— Comment ! que dites-vous ?
                              — Le béat Polydore
Est chez nous, cette nuit, mort en odeur de saint.
Pour le canoniser, la somme qu'on demande
Grève notre couvent d'une charge trop grande ;
Car notre pauvreté que la charité plaint
Vit du pain de l'aumône et n'a rien sur la terre.
— Quel est ce Polydore ?
                         — Eh quoi ! n'avez-vous pas
Visité quelquefois notre saint monastère ?
La foule s'y pressait chaque jour sur ses pas.
Sa parole instruisait cette foule charmée.
Le roi même voulut à sa cour l'attacher.
Humble et simple de cœur, devant sa renommée
Il a fui les honneurs qui le venaient chercher.
Jeune, il s'était fait vieux de souffrance et d'études,
Et, doué du savoir des prophètes anciens,
Comme eux il s'isolait dans ses béatitudes,
Des célestes esprits goûtant les entretiens.
Nouveau Saint-Augustin, dans les sentiers du monde
Où d'enivrants parfums se respirent, on dit
Que, cédant aux conseils de l'archange maudit !
Sa jeunesse d'abord s'égara vagabonde.
Un jour, luttant avec le démon tentateur,
Il fut près de faillir, trop débile joûteur,

Quand il vit Saint-François lui jeter son cilice.
Il s'en couvrit. Soudain s'enfuit l'ange du Vice.
Comme un phare allumé qui signale l'écueil,
La croix du Rédempteur sur la céleste voûte
Se montra flamboyante, illuminant sa route.
Quand de notre couvent il eut franchi le seuil,
Dieu pour le consoler visita sa jeune âme,
Et de ses passions la dévorante flamme
S'éteignit : ses péchés lui furent rachetés.
Quatre ans, nous l'avons vu de ses austérités
Offrir à nos respects le vertueux spectacle.
Et le sanctifiant, déjà plus d'un miracle
Avait manifesté que, béni du Seigneur,
Il serait pour ce monde un saint intercesseur.
Eh bien ! dit Grimaldo, je veux payer la somme :
Vous pouvez librement dans mon trésor puiser
La somme qu'il faudra pour le canoniser.
Mais allons sans tarder, allons vers le saint homme,
Pour prix de mon bienfait implorer sa pitié.
Viens, Léna ! devant lui, devant Dieu qui t'écoute,
Prononcer le serment qui finira mon doute.

On part pour le couvent. Le béatifié
Sur une haute estrade — entouré de lumières,
Vêtu de son cilice — et la croix du Sauveur
Entre ses froides mains reposant sur son cœur,
A l'adoration du public en prières,
Etait exposé là.   Dans ce funèbre lieu,
Léna, dévote, entra l'œil baissé, priant Dieu.
Soulevant son regard, elle approche — et surprise
Jette soudain un cri dont retentit l'église.
Ce jeune homme expiré — ce béat franciscain —
Grimaldo l'examine — un doigt manque à sa main !

Le voile est déchiré ! ma honte m'est connue ;
L'heure de ma vengeance est maintenant venue,
Madame ! revoyez ce balcon protecteur
Encor taché du sang d'un lâche séducteur ;

Remerciez ces flots qui, fermant leur abîme,
Sur la plage ont porté cette chère victime,
Qu'un si pieux regret racheta du péché ;
Voyez l'astre des nuits qu'un nuage a caché :
C'est la même heure où l'astre, à votre amour propice,
S'était ainsi voilé sous une ombre complice.
De vos derniers regards saluez ce flambeau ;
Et vous, flots si discrets, ouvrez votre tombeau !
Je viens vous confier cette amante fidèle.
Je ne pouvais choisir une tombe plus belle :
C'est la couche d'amour ! et mes ressentiments
Ne vous séparent point de vos rêves charmants.
Dans vos doux souvenirs soyez ensevelie !
Ici je fus trompé : la faute ici s'expie.
Madame, il faut mourir ! subissez votre sort.
— Ah ! ne m'approchez point ! j'accepte cette mort.
Moi-même je saurai, libre et sans violence,
Dans ce gouffre profond plonger mon existence,
Vous sauvant du remords qui partout vous suivrait,
Si vous aviez, la nuit, lâchement, en secret,
Sur des jours sans défense épuisé votre haine.
Allez ! je ne veux pas que la justice humaine
Par vos remords instruite et prompte à châtier,
Traîne sur l'échafaud votre orgueil meurtrier.
Non : vivez sans effroi ! vous n'êtes point coupable.
C'est moi qui jette aux flots ma vie insupportable.
Mais de quelques instants retardez mon trépas :
Je me veux confesser. — Je ne demande pas
Que d'un prêtre il me soit accordé l'assistance,
Nul témoin ne viendra troubler votre vengeance.
A voix haute et sincère, à genoux devant Dieu,
J'expliquerai ma vie. — Ecoutez cet aveu.

Ainsi qu'un faible enfant qui cède à la menace,
Aux mains d'un acheteur comme une esclave passe,
A vos embrassements je fus livrée un jour.
Pouviez-vous à mon cœur demander de l'amour ?
Vous m'étiez étranger ; mes timides années
Par vos ans plus nombreux, par vos lois dominées,

S'instruisaient au respect devant votre pouvoir.
Je courbais sous vos vœux mon docile vouloir :
Vous m'inspiriez la crainte avec l'obéissance.
Vous avez promené ma joyeuse innocence
Dans le grand monde, au bruit des applaudissements ;
Et quand je jouissais de ces contentements,
Vous m'avez dit : sortez de ces bruyantes voies !
J'ai besoin de repos ! je suis lassé de joies.
Ah! vous fûtes cruel ! moi, vous ai-je cherché !
Pour compagnon de route à ma vie attaché ?
Quoi donc ! vous demandez qu'immobile à ma place
Je me repose aussi ! mais je ne suis point lasse !
Mon beau voyage à moi n'était que commencé !
Comme un obstacle ainsi sur ma route placé,
Jetant votre fatigue à travers mon jeune âge,
Vous êtes donc venu m'imposer en partage
Vos dégoûts, vos ennuis, vos découragements ?
Défaillance d'un cœur qui de ses sentiments
N'a plus rien conservé que l'amour de lui-même !
Et pourtant votre hymen, comme un beau diadème,
Devait me couronner de splendides faveurs !
Mais moi n'avais-je point ma couronne de fleurs
Qui de mon gai printemps parait l'aube si fraîche ?
Sur mon front défleuri que le chagrin dessèche,
Voyez ces sombres plis que vous avez creusés :
Sous le poids de vos jours les miens se sont usés
Que m'importe le rang où vous m'avez assise ?
Oui, Grimaldo : qu'importe à l'idole qu'on brise
Que de vos fiers aïeux l'écu seigneurial
Ait de son infortune orné le piédestal ?
Comme ces deux lions, symbole despotique,
Sur leurs griffes portant votre écusson gothique,
Votre orgueil blasonné, toujours prêt à punir,
Semble infliger l'honneur de vous appartenir.
Que me font vos trésors ? ah ! je les prends en haine !
Pour la rendre plus lourde ils ont doré ma chaîne.
Et pourtant, Grimaldo, je ne vous ai pas dit :
Vous me trompiez. Eh bien ! vivez seul et maudit !
Je ne vous ai pas dit, vous montrant le calice
Où ma soif s'abreuvait, buvez ! votre supplice

Commence maintenant ! buvez à votre tour :
Mes pleurs se sont mêlés au fiel de votre amour.
Buvez ! votre captive enfin brise sa chaîne.
Ah ! vous aviez tout fait pour obtenir ma haine :
Vous ne l'avez pas eue ! et mon courage à moi
Fut, malgré vos rigueurs, de vous garder ma foi.
— Ne me trompez-vous pas ?
                        — Devant Dieu qui nous juge,
Je vous l'ai déjà dit, libre et sans subterfuge.
Je m'explique.
            — Achevez.
                        — Je pouvais, me sauvant,
Mettre entre vous et moi la grille d'un couvent.......
J'allai me résignant et dans la solitude
M'ensevelir auprès de votre lassitude.
Le monde me plaignit. Un jeune chevalier
Croit de mon joug pesant pouvoir me délier.
Vous partez me laissant seule avec ma tristesse.
Il se présente — il vient à ma faible jeunesse,
Généreux défenseur, apporter son secours.
Je m'effraie à le voir ; j'accuse ses discours.
Il cherche à rassurer mon âme défiante.
Vains efforts ! je demande, à ses pieds suppliante,
Qu'il s'éloigne soudain ! et vous entrez — il fuit.
— Pourquoi de ce secret ne m'avoir pas instruit !
— Vous l'auriez provoqué. Lui, jeune et plus habile,
Eût obtenu peut-être un triomphe facile.
Vos jours m'étaient sacrés.
                        — Ah ! que m'apprenez-vous !
Je vous crois — achevez d'éclairer votre époux.
— A son vain désespoir maintenant je le livre.
Oui : je suis innocente — et je renonce à vivre.
Grimaldo, c'est affreux de m'avoir fait haïr
Mes jours que j'aimais tant !
                        — Tu ne dois pas mourir.
— N'avez-vous point tari les sources de ma vie ?
Eh ! quelle illusion ne m'avez-vous point ravie !
Vous avez tout détruit — vous aviez ce pouvoir :
Vous n'avez pas celui de me rendre l'espoir.
— Léna ! je t'aime encore.

                              — Et cet amour me venge !
Vous me donnez la mort, je vous laisse en échange
Des jours pleins de regrets. Je serai devant vous
Toujours — partout — mais non comme un spectre en courroux.
Je vous apparaîtrai candide et fraîche — ornée
Avec le voile blanc de la fleur d'hyménée,
Belle, comme j'étais quand je vous ai séduit.

A ces mots, échappant à l'époux qui la suit,
Du haut de son balcon elle s'élance — tombe !
Le flot qui la reçoit la roule dans sa tombe.

———

Et voilà , jeune fille, au jour du mariage,
Dans la riche corbeille — hommage insidieux, —
Où l'or, les diamants, éblouissent tes yeux ,
Ce que l'on trouve au fond : la chaîne d'esclavage.

TROISIÈME LIVRE

—

Rem plenam miseriæ, et beatitudinis inanem !
SAINT-AUGUSTIN.

—

L'ESPRIT DES BOIS.

BALLADE VALAQUE.

—

Belle et jeune, elle était rêveuse.
Jamais aux fêtes du canton,
Avec ses sœurs sur le gazon
On ne la vit danser joyeuse.
Elle écoutait le bruit de l'eau,
Le bourdonnement de l'abeille,
Et, quand sous l'ombrage il s'éveille,
Le chant si doux du jeune oiseau.

Mais le bruit de l'onde écumeuse,
Ces doux chants, le parfum des fleurs,
Toujours causent aux jeunes cœurs
Une émotion soucieuse.
On lui disait : quand seule ainsi
Vous rêvez assise à l'ombrage,
L'esprit des bois sous le feuillage
Est là caché, qui rêve aussi.

L'esprit des bois cherche à séduire
Les jeunes filles qu'il surprend
Sous le chêne, au bord du torrent —
Où sa plaintive voix soupire.
Dans sa grotte, l'esprit jaloux
Vous cache, s'il vous trouve belle :
Quelquefois le vent sur son aile
L'emporte bien loin avec vous.

Or donc, sous le feuillage assise,
Quand le vent venait à souffler,
Tout son cœur se sentait troubler ;
Mais non de peur ! O douce brise,
Vers la grotte du bien-aimé,
Disait-elle, emporte-moi vite !
Puis elle restait interdite
Lorsque le vent s'était calmé !

Elle cueillait sur la colline
Où gravit son pied matinal,
Pour parer son front virginal,
La sauvage fleur d'églantine.
Parfois creusant sa main, où l'eau
Comme au fond d'un vase s'épanche,
Sa bouche à cette coupe blanche
Buvait l'eau fraîche du ruisseau.

Et toujours dans la solitude,
Ainsi ce cœur adolescent
D'un espoir secret va berçant
Sa trop rêveuse inquiétude.
La vierge à ses pieds vit un jour
Du torrent la tremblante vague
Déposer une riche bague :
Elle accepta ce don d'amour.

Il sera toujours ma parure,
Esprit des bois, ton bel anneau !
Et si pour un gage nouveau
Il sortait de mon doigt parjure,

Punis la vierge ! et que ce jour,
Du torrent l'onde courroucée
Roule, emportant la fiancée
Menteuse aux promesses d'amour.

A quelque temps de là, son père,
D'un riche époux qui vient s'offrir
A fait choix. Il faut obéir ;
Combien de cet arrêt sévère
A gémi son cœur mécontent !
Le voilà fini, son beau rêve !
A son doigt rebelle on enlève
L'anneau d'or qui lui plaisait tant !

Et quelle est donc cette espérance
Qui dans ses rêves la charmait ?
Quel regret déçu consumait
Cette fiévreuse adolescence ?
Je ne sais. Mais l'époux nouveau
N'est pas celui dont son jeune âge
A cru voir la charmante image
Lui sourire au miroir de l'eau.

La fiancée avec son frère
Part pour le village voisin ;
L'amant est là. Mais en chemin
On s'arrête ; et l'heure légère
S'enfuit. On a trop différé.
Déjà la nuit se faisait sombre ;
Le vent murmurait ; et dans l'ombre
L'oiseau funèbre a soupiré.

— Mon frère, l'esprit des bois grondé ;
Entendez-vous : il nous poursuit !
— Non, ma sœur : c'est le vent qui fuit.
Hâtons-nous à traverser l'onde.
— De l'esprit des bois j'ai grand peur.
Mon frère, écoutez mon histoire.
Lui riait, ne voulant rien croire,
Et s'amusait de sa frayeur.

Venez ! je tiendrai par la bride
Votre cheval qui suit le mien.
Venez, ma sœur, ne craignez rien :
Je serai pour vous un bon guide.
Ils s'en allaient silencieux :
Lui, cherchant dans l'ombre croissante
Son chemin ; elle, frémissante
Au bruit du torrent furieux.

Sur les bords grondants on arrive.
Ils ont, silencieux toujours,
Traversé son rapide cours.
Ils touchent enfin l'autre rive.
Alors le jeune homme appela.
On accourt. La noce empressée
Vient voir la belle fiancée......
Mais seul son coursier était là.

De cette vierge infortunée
Tel fut le déplorable sort !
Sur l'eau, comme un linceul de mort,
Flottait son voile d'hyménée.
On ne la vit plus ! mais sa voix
A la nuit se faisait entendre,
Jeunes filles, pour vous défendre
D'aller rêver comme elle au bois.

LA CONTADINE DE LUCQUES.

Pietà.

—

Elle adressait tout bas ses vœux
à l'image de sa patronne
Qu'un cierge éclairait de ses feux ;
Et plus belle que la Madone
Que sa voix tremblante implorait,
Baissant les yeux, elle pleurait,
Et pour quelque péché secret
Demandait que Dieu lui pardonne.

C'est en dehors de la cité,
Vers Pise où penche la tourelle ;
Notre-Dame de Charité,
Là dans les champs a sa chapelle,
Où le pauvre errant sans abri,
Quand vient le soir, s'est endormi
Sous la garde de l'ange ami
Qui l'enveloppe de son aile.

Elle a prié. Ses jolis doigts
Vont de son front à sa poitrine,
Traçant l'image de la croix ;
Dévotement elle s'incline,
Et puis s'en va. Son jeune amant
Non loin l'attend certainement
Au détour du sentier charmant,
Que borde un long mur d'églantine.

On vient — oui : c'est lui ! le voici
Gai, jeune et beau, comme elle est belle.
— Tu pleures ? quel est ton souci ?
— C'est de trop t'aimer, lui dit-elle !

Au saint tribunal, ce matin,
J'ai su que c'est l'esprit malin
Qui d'amour fait battre mon sein
Et fait damner ton cœur fidèle.

Au curé j'ai tout confessé :
Qu'un jour dans la niche de pierre
Où l'on n'a point encor placé
Notre-Dame de la Prière,
Tu m'as mise — et bien malgré moi ;
Puis à genoux disant : c'est toi,
Belle Marie, à qui je croi
Et que j'adore sur la terre.

Et notre curé t'a maudit !
Un autre jour, la palme sainte
Qui sur ma couche, ai-je encor dit,
Penche, et me fait dormir sans crainte,
Tu l'as mise en ma faible main ;
Au cou, le rosaire divin
Pour collier, tu me fis enfin
Semblable à la Madone peinte.

Et notre curé t'a maudit !
A Vêpre, un soir, j'ai dit ensuite,
Quand vers toi ma main s'étendit,
Offrant ta part de l'eau bénite,
Pour les baiser tu pris mes doigts ;
Je crus entendre alors ta voix
Qui jurait d'amour sur ma croix.
Je ne sais — car j'ai fui bien vite.

Et ce soir où tout enflammé
Le ciel grondait.... Je crains l'orage,
Vierge céleste, et j'allumai
Ma lampe devant ton image.
Tu vins alors à petits pas,
Soudain m'enlacer de tes bras ;
Imprudent ! et tu n'avais pas
Voilé d'abord le saint visage.

Et notre curé t'a maudit !
Il ne veut plus que je te voie.
C'est en enfer, il l'a prédit,
Que le courroux de Dieu t'envoie.
Or donc, aux saints jours de repos,
Pour écouter tes doux propos,
Je n'irai plus sous les ormeaux
Où le démon guette sa proie.

La pauvre enfant ! le prêtre encor
Lui dit : J'ai frappé d'anathème
Et ton rosaire et ta croix d'or
Et la palme sainte elle-même,
Qu'un profane amour a souillés.
Les voici de mes pleurs mouillés !
Prenez, mon père ! dépouillez
Votre enfant de tout ce qu'elle aime !

Si devers Pâque, à l'an prochain,
La flamme d'amour est éteinte,
Vous pouvez — dit le chapelain,
Être admis à la table sainte.
Mon père, il sera fait ainsi.
Nous viendrons devers Pâque, ici ;
Mais s'il faut pour avoir merci,
Ne plus aimer — j'ai grande crainte.

Elle obéit : congédié,
L'amant que toujours elle pleure,
Ne la vit plus , ce fut pitié !
Il venait frapper à toute heure
A la porte qu'on n'ouvre pas ;
Priant toujours en vain, hélas !
Le jour, la nuit, erraient ses pas
Autour de la triste demeure !

Ils se réuniront enfin
Quand tous les deux ils iront prendre
Leur part du céleste festin.
Oh ! que ce jour se fait attendre !

Mais voici qu'avril reverdit ;
Bientôt finira l'interdit.
Au temple saint, comme il fut dit,
Ils n'oubliront pas de se rendre.

De Pâques, c'est le jour divin.
Ils sont aux pieds de la Madone,
Au rendez-vous du chapelain.......
Dans ces deux cercueils qu'environne
La foule leur donnant des pleurs.
Ils n'ont pu désunir leurs cœurs :
Ils sont allés, pauvres pécheurs,
Devant le Juge qui pardonne.

UNE CHRONIQUE

DE L'ILE DE SARDAIGNE

—

> Fait comente y su fraizu : perdit su pilu,
> e noy sum bizzu.
>
> (*Semblable au renard, il perd son poil,
> et non son vice* (1).

Jeune pâtre, interrompts un moment ta chanson ;
Écoute : ce manoir, noble à son écusson,
Avec ses vieilles tours où le lierre verdoie,
Tout là-haut sur ce mont où l'épervier tournoie,
Quel est-il ?
      Et l'enfant répondit : ce castel
Appartient au seigneur baron de Saint-Michel.
Ce village à ses pieds, c'est Pirri, la vassale ;
Et là, sur l'autre mont, Casteddù la royale,
Où sur le bastion que défend le canon,
Flotte au souffle du vent, le drapeau d'Aragon.
Dans le champ de palmiers où notre évêque sarde,
Le grand saint Lucifer repose en paix, regarde
Au plus haut de l'église, un point qui resplendit :
C'est sa blanche statue.
      Et l'étranger lui dit :
La fille du baron est jeune, riche et belle :
Son père a-t-il fait choix d'un époux digne d'elle ?

---

(1) Les Aragonais appliquaient ce dicton au caractère inflexible des
insulaires de la Sardaigne, sous la domination des rois d'Aragon.

Le jour de Saint-Éphise, a dit notre curé,
Pour toute la Sardaigne est un jour vénéré ;
On aura ce jour-là double fête au village :
Celle du saint patron, celle du mariage.
Combien de feux de joie éclaireront, le soir,
Nos danses et nos jeux dans les cours du manoir !
Oh ! nous fêterons bien la jeune châtelaine !
As-tu vu dans la niche, à l'ombrage du chêne,
La madone aux yeux bleus qu'on adore à genoux ?
C'est elle qu'on croit voir, et que chacun de nous
A genoux prie aussi dans les jours de misère:
L'une au Ciel nous protège, et l'autre sur la terre.
— Son cœur n'est-il pas triste ?
                                        — On t'a dit vrai. Souvent
Sur ce balcon de marbre elle s'assied rêvant
Et suit de l'œil au loin le nuage qui passe.
Elle voudrait comme eux, changer aussi de place.
Ange du ciel venue, elle souffre en ces lieux
Et songe à nous quitter pour remonter aux cieux.
Voilà pour quel regret, dit-on, son cœur est triste ;
Mais Dieu la laisse à nous pour qu'elle nous assiste.

Le voyageur partit, pressant son noir coursier.
Il reprit sa chanson, le jeune chevrier.

Oui : chante, enfant, la vie est joyeuse à ton âge.
Aux bords des fraîches eaux, sous l'arbousier sauvage
Où l'abeille pour toi prépare son doux miel,
Dors, chante ! A toi les jeux, et les songes du Ciel !
Heures d'insouciance, et qui bientôt font place
A l'âge où le cœur souffre, et, malade, se lasse
A porter le fardeau de ces longs jours d'ennui,
Hier, demain, toujours comme ils sont aujourd'hui,
Et sans but, sans profit, dont on ne sait que faire,
Fièvre lente où s'éteint une âme solitaire !
Charmante Angioledda, ton âge adolescent
Ainsi vers le tombeau se penche languissant,
Faible roseau battu par quelque vent d'orage !
Dis quel mal inconnu pâlit ton beau visage ;

Quel désir de ton cœur ne fut point exaucé ?
Vois : il est beau pourtant ton jeune fiancé ;
Ce Sarde aux grands yeux noirs où le courage brille,
Et qui tremble entendant ta voix de jeune fille.
Ton père l'accepta. Ton père en lui chérit,
Bien plus que ses trésors, la haine qu'il nourrit
Contre l'Aragonais, orgueilleuse puissance
Qui du Sarde vaincu courbe l'indépendance.
Ah ! le Sarde sait mal abaisser sa fierté ;
Et pour reconquérir sa chère liberté,
Il garde son poignard, sa haine et son courage !
Semblable au flot grondant qui porté par l'orage,
S'élance ! et rencontrant l'écueil qui rompt son cours,
Tombe avec son courroux qui menace toujours.

Fille d'un suzerain qu'entre tous l'on renomme,
Fiancée à l'amour de ce noble jeune homme,
Riche aussi par ses fiefs, puissant également,
Angioledda voyait son père et son amant,
Pour amuser ses jours, multiplier les fêtes ;
Combien pour la servir de volontés sont prêtes !
Elle peut commander — et ne demande rien.
Quoi ! pour son cœur n'est-il en ce monde aucun bien ?
Suivons-la dans ce bal où de joyeux quadrilles
Animent cet essaim de gracieuses filles.
Elle entre — entendez-vous ce murmure d'amour
Fêtant sa bienvenue ? — Au milieu de sa cour,
On dirait à la voir une reine qui passe.
D'autres beautés brillaient, sa beauté les efface.
Tel de ces lustres d'or où pendent mille feux,
Qui du palais des grands illuminent les jeux,
Lorsqu'un rayon du jour pénètre dans la salle,
L'éblouissant éclat tout-à-coup devient pâle ;
Tels encor, dans les cieux tous ces astres semés,
Promenant sur l'azur leurs flambeaux allumés,
Soudain que le soleil commence sa carrière,
Disparaissent cachés sous des flots de lumière.
La belle Angioledda que suit chaque regard,
Faible et lasse à marcher va s'asseoir à l'écart.

Son front étincelant du feu des pierreries,
Se penche sous le poids des sombres rêveries.
Quand la foudre a brisé la nue aux flancs noircis,
Sous la pesante pluie ainsi se penche un lys.
Elle acceptait la joie et les jeux du grand monde,
Comme un malade enfant, qui craint qu'on ne le gronde,
Des paternelles mains prend le breuvage amer.
Oh ! qu'elle eût mieux aimé, seule au bord de la mer,
Assise mollement sur le lit d'algue sèche,
Sentir dans ses cheveux souffler la brise fraîche,
Ouïr le chant lointain du jeune matelot
Qui s'en revient bercé par la houle du flot !
Pieuse, attendant l'heure où l'ange du rosaire
A la cloche du soir fait sonner la prière,
Heure sanctifiée où Dieu sur les autels
Descend pour écouter la plainte des mortels.
Ah ! qu'il prenne en pitié ta jeune âme souffrante !
Dieu n'accorde-t-il pas la rosée à la plante ?
Au petit passereau que blessa l'oiseleur,
La mousse au pied de l'arbre où s'endort sa douleur ?
Il prêtera son aide à ta force accablée ;
Il te relèvera, beau lys de la vallée !

Quand sur un frêle esquif le Sarde aventureux
Bien loin du port surpris par les vents orageux,
Tombe à genoux, priant devant ta sainte image,
Vierge de la Merci ! c'est toi qui sur la plage
Où sa femme et ses fils pleurent en l'attendant,
A travers les écueils ramènes l'imprudent.
C'est ta fête aujourd'hui que Cagliari célèbre.
Un beau coursier nourri dans les plaines de l'Ebre,
Fils du noir étalon que vit naître l'Atlas,
Sous un jeune écuyer vient cadençant ses pas ;
Se soulève — et léger, balance sa souplesse,
Comme en marchand, l'oiseau qui voltige sans cesse.
Tous ses rivaux sont prêts : fiers et se défiant.
Par des hennissements leur âge impatient
Demande que soudain l'importune barrière
Tombe — et les laisse enfin parcourir la carrière.

Elle est tombée — et tous s'élancent : — c'est l'éclair
Qui jaillit tout-à-coup ! c'est la flèche dans l'air
Et que l'œil ne peut suivre en sa course rapide.
Le hardi cavalier laisse flotter la bride ;
Sa voix flatte l'ardeur du coursier écumeux
Qui fuit enveloppé d'un nuage poudreux.
Le vainqueur touche au but — la fanfare l'annonce.
La foule bat des mains — c'est le sort qui prononce.
Ces riches tissus d'or, ce précieux anneau
Où la gravure inscrit un souvenir si beau,
Sont les prix destinés : au fier coursier la gloire !
A son maître, ces prix gagnés par la victoire,
Que toujours la plus belle offre au triomphateur ;
Et c'est Angioledda que nomme un choix flatteur :
Le brillant anneau d'or sera donné par elle.
La foule ouvre ses rangs au vainqueur qu'on appelle.
C'est un jeune Espagnol. Oh ! qu'il est envié !
Devant Angioledda son genou s'est plié :
Quel trouble la saisit ! — qu'il est ému lui-même !
Tel on serait aux pieds de la beauté qu'on aime.

La lutte des coursiers finit avec le jour.
Le vice-roi s'éloigne, entouré de sa cour,
Trop fier pour s'y mêler ; vers sa noble montagne
Chemine le baron que sa fille accompagne.

Un grand bois d'oliviers au pied de Saint-Michel
S'étendait dans la plaine ; et des tours du castel
On croyait, quand le soir leurs cimes se balancent,
Des filles de Pirri voir les ombres qui dansent.
Là se trouvait un roc : celui que le pasteur
Montre, et nomme aujourd'hui le Banc du Confesseur.
Il semble un siège offert au passant sur sa route.
Le baron s'y repose : — O mon enfant, écoute,
A-t-il dit ; et d'abord près de moi viens t'asseoir.
Angioledda tremblait. — Quand du nuage noir
Le vent d'orage souffle, ainsi tremble la feuille.
Elle s'assied — et lui, tout pensif, se recueille.
« Demain, ton fiancé, fidèle à son amour,

» T'apporte des présents. — C'est l'approche du jour
» Qui de votre union proclamera la fête ;
» C'est le premier hommage à l'hymen qui s'apprête.
» Accepte ses présents : c'est accepter sa foi ;
» C'est lui donner la tienne ; et pour témoin c'est moi. »
L'enfant soudain pâlit — ses yeux sont pleins de larmes.
— Voilà donc de ton cœur les rebelles alarmes ?
Cet hymen fait ma joie — et fait couler tes pleurs !
Je surprends le secret de vos longues douleurs :
Ma fille, vous aimez !

         La vierge épouvantée
Aux genoux de son père à l'instant s'est jetée.
En confessant sa faute, un criminel ainsi
Tombe aux pieds de son juge et demande merci.

Quel autre jeune amant ton cœur séduit préfère ?
Est-il digne de nous ? — Quel Sarde !

              Aucun, mon père !
Que dites-vous ! serait-ce ? oui…, son cœur s'est ému !
Le vôtre s'est troublé, — l'étranger que j'ai vu,
Ce rival — ce vainqueur — à vos pieds - c'est lui-même !
Et c'est un étranger — un Espagnol ! qui t'aime !
Fille de la Sardaigne, à ce nom ennemi,
A ce nom d'Espagnol, ton cœur n'a point frémi ?
Tu n'as point demandé le poignard de ton père
Pour le plonger toi-même au cœur du téméraire !
Tiens, le voici ! qu'on dise en voyant son trépas :
On peut vaincre le Sarde — on ne l'insulte pas !
Mais je ne vis jamais ce jeune homme en notre île ?
Où l'avez-vous connu ?

         — Ce fut dans cette ville
Où ma mère malade — hélas ! trop vain espoir !
Des doctes médecins consultait le savoir ;
Où je l'accompagnai pour calmer sa souffrance,
Deux ans déjà passés — à Montpellier de France.
Ce jeune homme était là. — Fernandez est son nom.
— Un Espagnol ! grand Dieu !

         — Son cœur est noble et bon.
— Malheureuse ! et comment a-t-il donc pu vous plaire ?

Qu'a-t-il donc fait pour vous !

                    Il chérissait ma mère.

Ma mère s'amusait à ses joyeux récits.
Alors il racontait, entre nous deux assis,
Grenade la Mauresque et ses vertes pelouses
Où sous les orangers dansent les Andalouses,
Et le Généralife avec ses fraîches eaux,
Et la Véga qui voit combattre les taureaux.
Distraite de ses maux, l'entendant si bien dire,
Ma mère souriait — et moi dans ce sourire
J'ai puisé mon amour.

                  — Eh quoi ! tu n'as point dit :
C'est un fils de l'Espagne — un étranger maudit ?
— Ma mère l'oublia — je l'oubliai comme elle.
— A nos ressentiments tout ici te rappelle :
Il faut haïr l'Espagne !

                — Ah, quand le jeune oiseau
Se trouve sans abri, bien loin de son berceau,
L'onde où sa soif s'étanche est pour lui l'onde amie ;
Réserve-t-il sa soif aux eaux de sa patrie ?
— Ton cœur de cet amour ne se peut dégager ?
— Jamais.

          — Et pour époux tu veux cet étranger !
— Mon père, à vos genoux j'implore cette grâce !
— Ce sentiment rebelle — en ton cœur il remplace
L'amour de ton pays — l'honneur !

                    — Pitié pour moi !
— Et si ton fiancé ne reprend point sa foi ?
-- Il n'acceptera point le don d'une victime.
L'hymen est un mensonge — et bien plus, c'est un crime
Alors qu'avec la main le cœur n'est point donné.
— Si je disais, gardant un vouloir obstiné,
Choisis : de respecter, ou de braver ton père.
— Je mourrais pour ne point braver votre colère.
— L'étranger peut venir demain à Saint-Michel.
— Grand Dieu ! qu'ai-je entendu ! votre cœur paternel
S'est donc laissé fléchir et me rend sa tendresse !
C'est trop d'émotion pour sa frêle jeunesse !
La voilà sans parole et le cœur oppressé,
Prête à s'évanouir !

7

Quand au bord du fossé
Le jeune déserteur s'agenouille — et sans larmes,
Sous le bandeau fatal entend charger les armes,
Si tout-à-coup sa grâce arrive, il sent faillir
Son cœur si courageux quand il fallait mourir.
Le contentement pèse à sa force qui ploie,
(Et tant le cœur de l'homme est peu fait pour la joie)
Au bras de ses amis tombe l'amnistié.
Ainsi que la douleur, le bonheur sans pitié
D'un poids trop lourd accable Angioledda brisée.
Il fallut la porter — sa force est épuisée.

Enfin il est venu cet heureux lendemain.
Pas de nuage au ciel. Ah ! qu'il brille serein !
Ce soleil — quel éclat sur la terre il déploie !
Que de magnificence ! et partout que de joie !
Ah ! toute la nature est riante en ce jour,
Et semble conviée à fêter ton amour,
Charmante Angioledda que l'aurore a trouvée
Plus matineuse encore, avant elle levée !
Distribuant tes dons pour que le pauvre ainsi,
Ait dans ces jours heureux sa part de bien aussi.
Tes vœux sont donc comblés ! plus de pleurs — plus de feinte !
L'amant que tu chéris, tu le nommes sans crainte.
Il sait tout son bonheur. Mais ce n'est que ce soir
A l'heure de l'hymen, qu'il doit se faire voir ;
C'est l'ordre paternel : il faut que la journée
Se consacre aux apprêts de ce prompt hyménée.
Eux-mêmes n'ont-ils pas à préparer leurs cœurs ?
Tant d'allégresse après tant de jours de douleurs !
Pour abréger le temps, combien de doux messages !
Tour-à-tour échangés, combien de nouveaux gages !
Et quel riant projet pour l'avenir formé !
Vous ne savez pas, vous qui n'avez pas aimé,
Quel charme a pour le cœur la causerie écrite !
Ces mots qu'on ne dit point sans que la bouche hésite ;
Qui ne s'achèvent point — qui font rougir le front,
Ils s'écrivent — les yeux tous les jours les liront ;
Ici la main trembla, traçant ces tendres lignes ;

Là des pleurs ont coulé. — Ces adorables signes
Vous les baisez ! — voilà vos trésors, votre bien,
Votre vie est là — toute ! — Ah ! le reste n'est rien !

De ses plus beaux habits la vierge s'est parée.
Aux yeux de Fernandez dont elle est adorée
Pourrait-elle montrer, en cet heureux moment,
Trop de beauté, d'amour et de contentement !
Elle est prête. — Son père est arrivé près d'elle.
A genoux, se courbant sous la main paternelle,
La vierge a demandé sa bénédiction.
Eloignons-nous — sortons — leur vive émotion
Ne veut pas de témoin.

            Oh ! que l'heure indolente,
Amoureux Fernandez, à ton gré fuyait lente !
Quelle inhumaine loi t'impose le baron !
Il faut par nos respects mériter son pardon,
Ecrit Angioledda. Soumettons-nous : chaque heure
A sa joie, aujourd'hui pour notre amour. Demeure ;
Libres d'aimer, goûtons ce bien déjà si doux !
N'est-ce pas le bonheur qui commence pour nous ?
Et Fernandez resta docile à son amante.

C'est assez prolonger sa douloureuse attente.
Sonne ! sonne ! heure enfin promise à son bonheur !
Il part — de son coursier accusant la lenteur.
Il le presse à travers ces routes sinueuses,
Aux bords des champs semés tournant capricieuses,
Qui semblent, près du but, fuir pour les prolonger.
Il connaît le chemin : c'est lui, cet étranger,
Dans le bois d'oliviers que Saint-Michel domine,
Où près de ses troupeaux, au pied de la colline,
Chantait joyeusement le pâtre insoucieux,
Lui qui l'interrogeait, triste et mystérieux.

Il a gravi le mont que déjà la nuit couvre.
Son beau coursier hennit — la porte de fer s'ouvre.

L'écuyer qui l'attend, le guide et l'introduit,
A l'angle du château, dans un discret réduit.
Une lampe d'albâtre, à la douce lumière,
Éclairait faiblement la chambre solitaire.
Son œil la parcourt — Dieu ! — sa bien-aimée est là !
Sur l'ottomane, au fond, dormait Angioledda.
Dors ! a-t-il dit, repose ! Il a sa lassitude
Le bonheur aussi ! moi, dans cette solitude,
Durant ton doux sommeil, pour ne pas te troubler,
A genoux devant toi, je vais te contempler.
Te voilà belle, avec ta robe nuptiale !
Au front, ces blanches fleurs : ton front — comme il est pâle !
Mon amour a donc fait beaucoup souffrir ton cœur ?
O mon Angioledda ! chère épouse ! ô ma sœur !
Pardonne ! J'eus ma part aussi de ta tristesse !
De ton doux souvenir m'entretenant sans cesse,
J'ai quitté mon pays, pour habiter toujours
Les lieux où près de toi j'ai passé d'heureux jours,
Où repose ta mère — et qui fut tant pleurée !
Chaque jour, visitant sa tombe révérée,
J'aillais orner de fleurs le funèbre gazon ;
Je priais — je pleurais en prononçant ton nom.
Sur les ailes de l'ange, au sépulcre enlevée,
Pour nous bénir, ta mère à l'autel arrivée,
Invisible témoin, nous attend : — ne dors plus !
L'horloge va sonner l'heure de l'angélus.
Ah ! que plus près de toi, sur ton cœur je me penche !
Laisse-moi la baiser, ta main qui pend si blanche !
Dieu ! ta main est glacée ! ô ciel ! — cette pâleur —
Ce sommeil — c'est la mort ! — il ne bat plus, ton cœur !
Morte ! — Angioledda ! — morte !

               Et du sein des ténèbres
Une voix achevant ces paroles funèbres,
Cria : Morte, fidèle à ce serment sacré,
Devant son père et Dieu, que tout Sarde a juré :
Haine à l'Espagnol ! haine !

               Et l'écho de la salle,
S'ébranlant aux accents de la voix sépulcrale,
Cria : Haine !

Un vieux Sarde au front brun, tout plissé,
M'a conté cette histoire, à Pirri, l'an passé.
Sa famille, à l'entour du figuier domestique,
Écoutait avec moi l'aventure tragique ;
Au cri d'indépendance et de ressentiment,
Ils se levèrent tous, répétant ce serment,
Legs de haine transmis d'âge en âge, et que garde,
Comme un dépôt sacré, le cœur libre du Sarde.

UN LENDEMAIN DE FÊTE.

—

Jadis des Phocéens cité commerciale,
Et de Marseille alors l'opulente rivale,
Guerrière maintenant, montrant au Var troublé
Et ses canons béants et son fort crénelé,
Antibes, fière encor d'étaler dans la plaine
Les restes glorieux de la grandeur romaine,
Enfermait dans sa geôle un proscrit piémontais,
Jeune républicain qui, sur le sol français,
Au foyer domestique allant s'asseoir transfuge,
Se crut libre et trouva la prison pour refuge.
L'ardent libéralisme alors, comme un torrent
Qui déborde fougueux, de tous côtés errant,
Menaçait d'emporter les rois avec leurs trônes ;
Et les rois effrayés, pour sauver leurs couronnes,
Liguèrent leurs efforts dans ce péril égal.
Louis, s'associant au pacte fédéral,
Pour servir d'holocauste au pouvoir légitime,
Du roi Charles-Félix retenait la victime.

Du carnaval joyeux c'était le dernier jour.
Le captif, à travers les barreaux de la tour,
Écoutait dans les airs monter les bruits de fête
Avec le bruit des flots battus par la tempête,
Venant mourir brisés sur les flancs de l'écueil,
Comme lui que l'orage aussi pousse au cercueil.
Une larme a mouillé son œil mélancolique.
La mort ne fait point peur à cette âme héroïque :
Belle Italie ! il pense à toi dans ce moment,
Toi, son amour, son culte et son rêve charmant.
L'air embaumé qui souffle arrive de ta plage ;
Il voit de l'Apennin accourir ce nuage,

Et qui, seul voyageur qu'on laisse à lui venir,
De la patrie absente apporte un souvenir.
Italie ! à la mort que le Ciel le dérobe !
Que le sang de tes fils ne tache point ta robe !
Et toi, son autre rêve et l'espoir de son cœur,
Colombe se posant sur son lit de douleur,
Sainte image de l'ange, au jour de nos tristesses
Qui vient, montrant le Ciel, soutenir nos faiblesses,
O Marguerite ! il eût, pour prix de son amour,
En échange obtenu le tien peut-être un jour !

Mais quel bruit tout-à-coup, à l'heure où l'on sommeille,
Comme un discret signal a frappé son oreille ?
Des pas mystérieux qui marchent dans la nuit,
S'approchent. — Sa prison s'est ouverte sans bruit.
C'est l'ami de son cœur qui l'étreint et l'embrasse.
O surprise ! ô bonheur ! m'apportes-tu ma grâce ?
Que viens-tu m'annoncer ?
                              — Ta sentence de mort !
— Juste Ciel !
                       — Vers Louis, l'informant de ton sort,
Le roi sarde a déjà fait partir un message.
— Eh bien ! la mort pour moi c'est sortir d'esclavage.
La Liberté dictant ma funèbre oraison,
Sur son martyrologe inscrira mon saint nom.
— Il faut partir : suis-moi. Viens ! un brick que je charge,
Prêt à nous recevoir, a jeté l'ancre au large ;
La nuit obscure cache et l'étoile et le flot,
Et couché dans sa barque, un discret matelot
Sur la grève déserte est venu pour nous prendre.
Le geôlier est à nous : il veut aussi se rendre,
Pour jouir sans péril de l'or qui l'a séduit,
Au port de Washington où ce brick nous conduit.
Tout rend en ce moment notre fuite facile :
Chacun est au plaisir. Ce soir, l'hôtel-de-ville,
En domino masqué, fête le carnaval.
Laissons-les à leur joie ! Alors que tous au bal,
Dans un fol enjoûment passent leur nuit dansante,
Que pour nous loin d'ici vienne l'aube naissante.

Je jette en invoquant son hospitalité ,
A Neptune sauveur mon billet d'invité !
— Arrête !

      — Que veux-tu ?

              — Cette beauté que j'aime....
Conçois-tu mon bonheur ?... est dans Antibes même !
Son père est de ces lieux le chef municipal...
Ah ! je n'en puis douter, elle danse à ce bal.
— Eh bien !

        — Je sollicite une faveur bien grande...
Oui : c'est plus que la vie, hélas ! que je demande.
— Je ne te comprends pas.

           — Avant de m'embarquer,
Sous un déguisement, soigneux de me masquer,
Et porteur du billet qu'en ton nom je présente...
— Qu'oses-tu demander ? Dieu ! quel espoir te tente !
— Etranger, en ces lieux je ne suis pas connu ;
Car, séparé de tous, dans les fers retenu,
Comme inhumé déjà dans les voiles funèbres,
Je consume mes jours ici dans les ténèbres.
Et puis, ce masque enfin enveloppant mes traits,
Me voilera toujours aux regards indiscrets.
Ne crains point qu'à ce bal prolongeant ma visite,
Trop ardent, je m'oublie aux pieds de Marguerite.
Je la vis à Turin, aux fêtes de la cour,
Dans ces jeux de la valse inventés par l'amour.
Sous ma brûlante main j'ai senti son cœur battre !
Ce soir, je puis encore... Ah ! cesse de combattre
La prière qu'ici je te fais à genoux !
Vois ce fer qu'à toi seul j'ai montré... sous ses coups
Que de fois j'ai voulu finir ma triste vie !
Sais-tu bien qui retint mon homicide envie ?
Ce désir de la voir, ce vague espoir d'amour,
Doux rêve qui me vint consoler chaque jour.
Tu vois à quel bonheur enfin Dieu me destine ?
Ne crains donc rien : je suis sous la garde divine.
— Eh bien ! à ton désir je cède en frémissant.
Mais, hâtons-nous, partons, le péril est pressant.

Prudemment la prison à leur fuite est ouverte,
Et s'éloignant, l'un d'eux vers la grève déserte
Va soudain retrouver l'esquif prêt à partir.
D'un obscur domino l'autre court se vêtir.

A son premier amour une jeune âme s'ouvre,
Comme au matin, sortant du voile qui la couvre,
La nature s'éveille, alors que dans les airs
Tout est fraîcheur, parfums, harmonieux concerts.
Age des rêves d'or, chastes et pures joies !
Oh ! que la vie est belle alors ! et dans ses voies,
Au milieu des écueils qu'on s'élance gaîment !
Qu'importe au cœur rempli de cet enchantement
Que de quelque danger survienne la menace ?
Heure d'enchantement où la peine s'efface,
Tel à travers l'azur ce nuage qui passe :
Aux feux d'un beau soleil son brouillard coloré,
Sans noircir le ciel bleu s'est vite évaporé.
Victor est dans le bal. Il regarde... il écoute...
Cherche sa bien-aimée. Elle est là, point de doute :
Oui : ce rapide trouble et ce tressaillement
L'ont déjà révélée à son contentement.
Là-bas, sur le balcon, pour respirer la brise,
Et son masque à la main, une femme est assise.
C'est elle !... O Marguerite ! a murmuré sa voix.
— Quoi !... Victor, vous ici ? c'est vous que je revois ?
Sous le masque aussitôt elle a caché son trouble.
La foule augmente. On danse ; et le bruit qui redouble
Laisse à leur entretien un peu de liberté.
Tardif contentement, bienfait tant souhaité,
Dit Victor, tu n'as point trompé mon espérance !
Je sens à te goûter le prix de l'existence.
— Auriez-vous donc souffert, reprit-elle à l'instant ?
Votre vie était belle et joyeuse, pourtant ?
— Avec vous m'ont quitté les beaux jours de ma vie.
Seul bien qui m'est resté, votre image chérie
Fortifia mon cœur... Dans ce bal, en secret,
Sous le nom d'un ami qui m'a de son billet
Fait le don généreux, je viens, ô Marguerite,
Hasarder près de vous ma dernière visite.

— La dernière ! et pourquoi ?
                              — Décidez mon destin.
J'irai m'ensevelir dans un exil lointain ,
Eteignant dans les pleurs ma souffrante existence,
Si d'être aimé de vous je perds toute espérance.
Mais si d'un vain espoir mon cœur n'est point charmé,
(Grand Dieu ! que vais-je apprendre !) Ah ! si je suis aimé !
— Vous êtes étranger, reprit la jeune fille.
L'amour doit-il portèr le deuil dans ma famille ?
Mon vieux père souffrant... le puis-je donc laisser ?
Quelle autre à son réveil le viendrait embrasser ?
Et le soir, près de lui, quand sa vue est lassée,
Quelle autre achèverait l'histoire commencée ?
Son mal à mon aspect est souvent adouci...
Victor, à le quitter, j'aurais trop de souci ;
Moi seule pour l'aimer !... car je n'ai plus de mère.
Qui ? moi, le séparer de sa fille si chère ?
— Ici, je passerai ma vie à vos genoux.
— Votre belle Italie a des charmes bien doux .
Vous la regretteriez.
                              — Belle est aussi la France !
Et mon cœur lui devra tant de reconnaissance !
Qu'acceptant ma tendresse elle m'ouvre ses bras.
— Victor, vous m'aimez donc ! vous ne me trompez pas ?

Survient alors un masque au babil monotone,
Comme à l'entour des fleurs l'insecte qui bourdonne,
S'agitant, tournoyant, se heurtant à chacun.
Troublés dans leur bonheur et pour fuir l'importun,
Les deux jeunes amants vont se mêler aux danses.
O fortuné moment ! furtives confidences
Qu'au bruit des instruments ils échangent entre eux !
Joie où le cœur timide a puisé plus d'audace.
Le turbulent quadrille à la valse fait place.
Marguerite, penchée aux bras de son amant,
L'œil à demi fermé, fuit gracieusement.
Comme la faible fleur qu'agite la tempête,
Sous l'arbre protecteur où s'abrite sa tête,
Se balance enlacée à ce robuste appui,
Dans une chaste étreinte elle tourne avec lui,

Troublée à le sentir s'approcher plus près d'elle,
Lorsque son pied lassé dans sa fuite chancelle.

— Pour finir mon bonheur voici venir le jour.
— Ne m'avez-vous pas dit que dans Antibe, un jour,
La France vous serait une douce patrie ?
— Oui : si je suis aimé, je quitte l'Italie
Pour vous appartenir !
                — Pour me laisser toujours
De mon père affaibli soutenir les vieux jours,
Pour aider dans ses soins ma pieuse tendresse ;
Victor, pour être deux à chérir sa vieillesse.

Et son plus doux regard, son sourire charmant
Remerciaient Victor de son pieux serment :
Il promettait d'aimer son vieux père comme elle.
Qu'il voudrait à ses pieds tomber ! qu'elle était belle
D'amour, de piété, de bonheur filial,
Et laissant échapper son secret virginal !

Ils se quittent.

        Victor n'est plus l'ardent jeune homme
Emule des tribuns fils de la vieille Rome.
Son orgueil refusa d'implorer un pardon :
Il aurait à ce prix vu s'ouvrir sa prison ;
Mais, vaincu par l'amour, enfin il s'humilie :
Il demandera grâce ! et s'il faut qu'on châtie,
Si le bannissement doit racheter ses jours,
Qu'il soit de son pays rejeté pour toujours !
Oui ; c'est pour tout bienfait l'exil qu'il sollicite ;
Mais l'exil dans Antibe, auprès de Marguerite.
Le serment qu'il lui fit, il le fait à son roi,
Et fidèle toujours à cette double loi,
Aux soins de son amour vouant toute sa vie,
Il ne cherchera point à revoir l'Italie.

Et se parlant ainsi, Victor marchait content,
Vers la grève déserte où sa barque l'attend.

L'aube a rougi les cieux dont le voile s'entr'ouvre.
Au loin, à l'horizon, l'œil attentif découvre
Un brick qui, s'élevant sur le flot blanchissant,
Au souffle d'un vent frais s'en va disparaissant.
Ah ! c'est le brick sauveur où Victor dans sa fuite,
Sans doute en ce moment pensant à Marguerite,
A la terre de France adresse ses adieux.

Il va bientôt absous revenir en ces lieux.
Le prince accueillera son repentir sincère.
Un roi n'est-il donc pas comme ce tendre père,
Lorsque l'enfant prodigue est enfin de retour,
Qui, lui tendant les bras, s'écrie avec amour :
Sonnez des instruments ! que le festin s'apprête !
Car je retrouve un fils, et c'est un jour de fête !

La jeune fille alors, lasse des jeux du bal,
Dormait gardant encor son trouble virginal.
De Victor dans son rêve elle entendait charmée
La voix lui répéter tout bas qu'elle est aimée ;
Et trompée, elle a cru, se réveillant soudain,
Sentir un doux baiser se poser sur sa main.

La voici déjà prête. Elle accourt vers son père.
De mon espoir d'amour je lui fis un mystère ;
Car pourquoi l'affliger, quand, songeant à Victor,
Triste je me disais : est-il fidèle encor ?
O mon père ! aujourd'hui tu me verras joyeuse ;
Tu prias tant de fois pour que je sois heureuse :
Dieu veut en t'exauçant pour prix de tes vertus,
Que je te doive encor ce bien pour t'aimer plus.

Son père n'est point là. Comment ? de si bonne heure
Jamais on ne le vit sortir de sa demeure !
Quelle affaire imprévue ?... — Un message apporté,
L'a soudain appelé devant l'autorité.
— Vous me faites frémir ! Un message qui presse ?
Devant l'autorité.... quoi ! lui, qu'il comparaisse ?

Cruelle attente ! on vient : ah ! c'est lui-même !

          — Eh bien !

Qu'était-ce donc ?

        — Hier, au bal, un Italien

S'est par fraude introduit ; et l'on veut que, complice,

Un souscripteur du bal ait servi l'artifice.

On nous interrogeait.

        — Et voilà son délit !

Est-il donc si coupable, enfin ?

         — Il est proscrit.

— Ciel !

     — Dans la tour d'Antibe, ici même, à la chaîne,

D'un délit politique il subissait la peine.

— Que dites-vous, mon père ?

         — Il a, l'audacieux !

Lorsque, brisant ses fers et trompant tous les yeux,

Il pouvait, à la nuit, fuir et sauver sa tête,

Attendu l'aube ici, dansant à notre fête.

— Ne s'est-il pas sauvé ? l'aurait-on reconnu ?

— L'ordre de le livrer était déjà venu :

Aux frontières du Var, conduit à l'instant même....

Dieu ! quel effroi pâlit ton front ! quel trouble extrême !

— Aux frontières du Var sait-on quel est son sort ?

Ciel ! achevez.......

       — Ma fille, il a reçu la mort.

QUATRIÈME LIVRE

—

Nous arrivons enfin au tombeau, traînant
après nous la longue chaîne de nos espérances trompées.

BOSSUET.

—

LES OFFICIERS DE MARINE.

—

Ils entourent leur commandant,
Qui suit de l'œil le flot grondant,
　　Pensif sur la dunette ;
Et chacun d'eux va discourant.
Lui seul se tait : il est souffrant
　　D'une peine secrète.
Leurs récits éveillent parfois
Un souvenir qui le chagrine.
　　Pauvre capitaine Grosbois !
Voici venir un grain : serre la brigantine.

Le lieutenant commence : un jour,
Dit-il, je fus charmé d'amour
　　Sous le ciel de Provence.
Que j'aimais ! que j'étais aimé !
Voilà que le Roi m'a nommé
　　Pour aller loin de France.
Avez-vous aimé quelquefois,
Commandant ? — Sa tête s'incline....
　　Pauvre capitaine Grosbois !
Voici venir un grain : serre la brigantine.

Celui que poursuit un regret,
Sur la terre au moins est distrait
　　Par quelque douce image.
Sur les flots, l'amoureux marin
Autour de lui, comme en son sein,
　　Entend gronder l'orage.
Nul ne souffre d'amour, je crois,
Comme un officier de marine.
Pauvre capitaine Grosbois !
Voici venir un grain : serre la brigantine.

J'étais dans l'Inde, aspirant. Là,
Le canon des Anglais brûla
　　Ma modeste aiguillette.
A l'abordage, le premier
Je saute ; et de leur officier
　　J'enlève l'épaulette !
A l'avancement j'eus des droits ;
Mais que lentement on chemine !
Pauvre capitaine Grosbois !
Voici venir un grain : serre la brigantine.

Arrive le tour du docteur.
Celle aussi qui charma mon cœur
　　Était une merveille.
Je pars. Que de pleurs ont coulé.
Ses doux sermentsm'ont consolé.
　　Tandis qu'on appareille,
Je m'échappe. J'entre... et je vois
L'aide-major qui l'endoctrine.
Pauvre capitaine Grosbois !
Voici venir un grain : serre la brigantine.

Moi, sur le rivage d'Alger,
Je vis le combat s'engager,
　　Conta le commissaire.
Tout l'équipage est descendu.
Aux commis est-il défendu
　　De faire aussi la guerre ?

Je n'eus pour prix de mes exploits
Qu'un compliment de la Marine.
Pauvre capitaine Grosbois !
Voici venir un grain : serre la brigantine.

Auxiliaire à Trafalgar,
Je combattais le Léopard.
    Dans les flots je m'élance,
Au cri de vive l'Empereur,
Arrachant à l'Anglais vainqueur
    Le drapeau de la France !
Je n'allai point subir ses lois
Sur le ponton qu'il me destine.
Pauvre capitaine Grosbois !
Voici venir un grain : serre la brigantine.

Un boulet turc, à Navarin,
Jeune enseigne, enlève ma main.
    De l'autre main hardie,
D'une torche aussitôt m'armant,
Sur les vaisseaux de l'Ottoman
    J'allume l'incendie.
Je perds la main : j'obtiens la croix ;
L'échange est beau ! qu'on l'examine.
Pauvre capitaine Grosbois !
Voici venir un grain : serre la brigantine.

Terre ! Terre ! crie un gabier.
Cri joyeux ! Chaque marinier
    De la proue à la poupe
Le répète. Leur chef s'est tu.
La terre ! c'est là qu'il a bu
    Dans une amère coupe.
Hommes, femmes, tous à la fois
Ont blessé cette âme chagrine.
Pauvre capitaine Grosbois !
Le grain n'est point passé : serre la brigantine.

ECCE HOMO.

Hic erit magnus.

SAINT LUC.

Israël triomphant, au milieu du prétoire
Où sa jalouse haine obtenait la victoire,
Offrait aux ris moqueurs (parodiste inhumain)
Le Christ portant au front la couronne d'épines
(Bandeau sanglant, plus tard ceint de clartés divines),
Et vêtu de la pourpre, un roseau dans la main.

Il disait : « Voici l'homme ! » Insensé ! ta parole
Croit outrager le Christ, et c'est toi qu'elle immole.
Sous ce déguisement que choisit ton mépris,
Vois tes propres affronts. Voici l'homme ! oui, sans doute,
Et c'est toi : ce sénat, ce peuple qui t'écoute,
C'est nous tous. Maintenant, ris de toi-même ! ris !

Ouvre tes yeux fermés ! ce manteau d'écarlate
Vêtissant le martyr que te livre Pilate,
C'est ton propre manteau, ta robe d'histrion,
A ces drames joués sur la publique arène,
Où l'homme, s'asseyant sur quelque grandeur vaine,
Donne en spectacle ainsi sa folle ambition.

Et puis, nos volontés, fières dominatrices,
Espérant tout soumettre au joug de leurs caprices,
Que ta dérision les symbolise bien :
Un vouloir plus puissant sous sa loi les enchaîne !
Oui : pour représenter ta puissance hautaine,
Prends aussi ce roseau : prends, ce sceptre est le tien.

Et jusqu'à ce Judas allant livrer son maître,
N'est-ce pas le plaisir, cet autre ingrat, ce traître
Qui nous embrasse, alors qu'il va nous délaisser ?
Orgueil, pouvoir, plaisir, promesses décevantes,
Vous êtes la couronne aux épines blessantes ;
Et que de pleurs aussi vous nous faites verser !

A ces douleurs du Christ que la Judée outrage,
De nos propres douleurs reconnaissons l'image :
N'est-ce pas l'homme encor qui sous un lourd fardeau,
Poursuit sa route aussi, victime halelante ;
Et, pour désaltérer sa fatigue brûlante,
Implorant le bienfait de quelques gouttes d'eau ?

Ah ! souvent de nos cœurs sort un murmure impie,
Accusant la rigueur du bras qui nous châtie.
Mais, résigné, le Christ en pleurs s'est écrié :
Dieu, que tes volontés, non les miennes, soient faites !
Instruisant au respect nos douleurs inquiètes,
Attendons en priant la céleste pitié.

LA SŒUR DE CHARITÉ.

—

Quasi stella matutina in medio nebulœ.
ECCLESIASTIQUE.

Ubi non est mulier, ibi ingemiscit æger.
SAINT VINCENT DE PAUL.

L'aube à peine blanchit les ombres du dortoir,
Où tremblent s'éteignant les lumières du soir.
La voici reprenant la tâche journalière.
Elle achève en marchant sa muette prière,
Roulant dévotement entre ses jeunes doigts
Les grains noirs d'un rosaire où pend la sainte croix ;
Et contemplant du Christ la douloureuse image,
S'instruit au dévouement, s'inspire de courage.
Entendez-vous ces voix bruire soudainement,
Comme autour d'une ruche un sourd bourdonnement ?
De l'immense dortoir traversant le silence,
Ce louangeur murmure annonce sa présence.
Chacun, comme à l'aspect du roi le plus puissant,
S'incline devant toi, fille de Saint Vincent !
Ces honneurs lui sont dûs ! et, virginal emblème,
Son bandeau simple et blanc, voilà son diadème !
Sa vertu — c'est son titre. Oui, qu'il soit révéré !
C'est par la Charité que son front est sacré :
La royauté n'a point un sacre plus auguste.

On dirait, à la voir, un jeune et frêle arbuste,
Qui loin des feux du jour, sous un abri caché,
Fleurit languissamment sur sa tige penché.

Les veilles ont pâli sa fraîche adolescence.
Mélancolique et belle, ainsi que l'espérance,
Elle aussi pour ce monde est un présent des cieux.
Quel charme attendrissant dans son regard pieux
Et doux comme un rayon voilé par le nuage !
Pour la seizième fois, avril devant son âge
Passe, et de la gaîté ramène la saison ;
L'oiseau chante ; les fleurs émaillent le gazon,
Où de folâtres jeux appellent la jeunesse :
Elle ne connaît point ces heures d'allégresse ;
Jamais à son printemps ne sourit le plaisir,
Et chaque jour lui porte une larme à tarir.
Nul spectacle joyeux ne l'a jamais charmée.
Au milieu des douleurs elle vit renfermée,
Dans ces cloîtres de deuil où s'est réfugié
L'indigent qui, malade, implore sa pitié.
Loin des fêtes du monde, où sa grâce admirée
Serait de tant d'éclat, d'hommages entourée ;
Quand elle pourrait voir un jeune et riche époux
Avec tous ses trésors tomber à ses genoux,
Répudiant l'hymen, la joie et l'opulence,
Elle est aux pieds du pauvre, assistant sa souffrance ;
Sous d'obscurs vêtements, afin que le malheur
Comme lui la trouve humble et la nomme sa sœur.
Et quel bien récompense un si grand sacrifice ?
Quand le convalescent, prêt à quitter l'hospice,
Avec un saint respect où se mêlent des pleurs,
Baise sa douce main qui pansa ses douleurs
(Chastes émotions de la reconnaissance),
C'est de tant de bienfaits toute la récompense !
Ah ! c'est la seule aussi que convoite son cœur !
L'or ne saurait payer son généreux labeur.
Ce n'est que dans le ciel et non sur cette terre,
Que ces anges d'amour ont leur digne salaire.

Sœur Louise est son nom. Sa pieuse bonté,
D'un jeune homme souffrant à l'hospice porté,
Six mois passés, soignait la santé défaillante.
Que de soins ! que de zèle ! ô pitié bienveillante !

Comme son cœur se trouble à l'entendre gémir !
Et, l'œil fixé sur lui, le regardant dormir,
Quand sous des rêves lourds sa faiblesse sommeille,
Comme inquiète alors elle attend qu'il s'éveille !
Pour l'arracher bien vite à ce trompeur repos,
Son angélique voix murmure de doux mots.
Au désert de Sahra que le Simoûn dessèche,
Messagère du ciel, ainsi la brise fraîche,
Quand sur le sable ardent s'endort le voyageur,
S'en vient d'un léger souffle agiter sa torpeur.
Il s'éveille et sourit, oublieux de ses peines,
Au souffle protecteur dans ces arides plaines.
Mais de si tendres soins ne le sauveront pas :
Les docteurs ont parlé de son prochain trépas.
C'était un doux jeune homme à la frêle existence,
Succombant sous le poids de la double souffrance
D'un corps malade, et puis des tristesses du cœur !
Parfois ses pleurs coulaient. Mystère de douleur !
Dernier regard jeté sur ce monde qu'il laisse
Où peut-être un beau rêve a flatté sa jeunesse.
Avant qu'il s'accomplisse il voit venir la mort
Et cherche à ressaisir, par un dernier effort,
Cet espoir, le secret de son âme pensive !
Ainsi d'un tendre ami quand le départ arrive :
Dans une longue étreinte on le tient enchaîné.
La vierge alors lisait à cet infortuné,
A ses côtés assise et tristes l'un et l'autre,
Quelque divin récit du livre de l'apôtre :
Miracles de puissance et d'amour du Seigneur.
Saint entretien où l'homme aux jours de la douleur,
Se console à savoir qu'en sa pitié profonde,
Dieu console ceux-là que délaisse le monde !
Le malade, distrait de ses rêveurs soucis,
Attentif, écoutait ces merveilleux récits ;
Et puis, fortifiés par ces douces lectures,
Tous deux joignant leurs mains, pieuses créatures,
Remerciaient le Dieu qui dit aux affligés :
Venez à moi, venez ! vous serez soulagés.
Ils sont venus vers vous, conduits par leur jeune ange,
A leurs pleurs moins amers mêlant votre louange.

Et vous, ô Vierge sainte, et que jamais en vain
N'implora notre foi, quand le juge divin
Sur notre humanité fait peser sa colère,
Aimez-les, ces enfants ! ils n'ont que vous pour mère.
Toi leur consolateur, livre sanctifié,
Don de la Providence, ô sois glorifié !
Tant que ce monde aura sa peine et sa misère,
Beau livre, tu seras béni sur cette terre !

Il avait des docteurs prévu l'arrêt fatal :
Leur art est impuissant à détruire mon mal,
Et je sens qu'il faudra bientôt que je vous quitte.
Tout ce que je vous dois, ma sœur, que Dieu l'acquitte !
En ce monde je n'ai nul bien, nul protecteur,
Personne ! — à qui léguer la dette de mon cœur,
Et nul ami pour moi disant une prière,
Ne s'agenouillera sur ma funèbre pierre.
Soyez bénie au ciel comme ici vous bénit
La voix du malheureux quand chacun le bannit,
Qui vous trouve accueillant son errante misère ;
Oui : l'étoile immobile aux bornes de la terre,
Secourable clarté que suit l'œil du marin,
Quand perdu sur les mers il cherche son chemin,
N'est pas plus douce à voir à travers la nuit sombre,
Que votre charité qui veille aussi dans l'ombre.
Votre mission sainte est bien rude à remplir !
N'entendre que des pleurs dans l'âge du plaisir !
Vous que j'admire tant et dont je plains le zèle,
Vous dont la santé souffre, et sans nul souci d'elle,
Qui pour les maux d'autrui sacrifiez vos jours,
A vos seules douleurs refusant vos secours,
Ne me direz-vous point, par quel destin trahie,
A ces tristes devoirs vous fûtes asservie ?
C'est au mal que j'endure — encor donner vos soins :
Ma sœur, vous écoutant, je souffrirai bien moins.
— Mon frère, écoutez donc !

                         En naissant délaissée,
Sur le sein maternel je ne fus point bercée.

Au seuil de cet hospice, une nuit, sans secours,
Furent abandonnés mes misérables jours.
La neige alors tombait, et sur la froide pierre
Ma faible voix criait : — elle appelait ma mère,
Ma mère ne vint point ! — Les charitables sœurs
Recueillirent alors mes premières douleurs.
J'ai grandi les voyant accomplir sans relâche,
Pour complaire au Seigneur, leur vertueuse tâche ;
Et moi j'ai pris ma part, allégeant leurs travaux,
De leurs nuits sans sommeil, de leurs jours sans repos.
Tout malheureux pour moi n'est-il donc pas un frère ?
Il ne peut devant moi rougir de sa misère :
La borne du chemin fut mon premier berceau.
La charité me vint prendre dans son manteau ;
Et mes jours lui sont dûs ! A son pieux service
Ma vie est maintenant offerte en sacrifice :
C'est toute mon histoire. — Et la vôtre ? je vois
Aux pleurs qui malgré vous s'échappent quelquefois,
Que de bien mauvais jours ont passé sur votre âge.
Vous si jeune et si docte, au modeste langage,
Vous deviez être heureux !

                — Apprenez donc aussi
Par quel espoir trompé je viens mourir ici.

Je naissais quand mon père, hélas ! quittait ce monde.
Ma mère crut que Dieu, dans sa bonté profonde,
M'envoyait sur la terre afin que mon amour,
Céleste don, lui vînt en assistance un jour.
Pauvre mère ! J'ai fait, hélas ! bien peu pour elle !
Ce n'est pas mon amour qui lui fut infidèle.
Oh ! je l'ai bien aimée, elle qui m'aimait tant !
Contente de son sort, pour moi seul regrettant
Que trop d'obscurité voilât son humble vie.
Pour moi seul ce cœur noble avait connu l'envie.
Souvent je l'ai surprise au pied du crucifix :
Pauvre, elle demandait des trésors pour son fils ;
Elle rêvait pour moi de hautes destinées.
Tous ses bijoux, l'orgueil de ses jeunes années,
Ses beaux pendants, sa chaîne au triple enlacement,

Héritage sacré, précieux ornement
Dont se para jadis la beauté de sa mère,
Sa montre, l'anneau d'or que lui donna mon père,
Sa croix, tout fut vendu pour payer mon savoir !
Elle ne garda rien pour elle — que l'espoir.
La gloire allait venir me prendre sur ses ailes
Pour me désaltérer à des sources nouvelles.
Au plaisir j'arrachai mon âge insoucieux.
Me courbant sous le poids d'un labeur studieux,
Fatigué, j'ai voulu souvent cesser d'apprendre.
Je songeais à ma mère, à son amour si tendre
Que je pouvais un jour si bien récompenser,
Honteux de ma faiblesse et courant l'embrasser.
Dans ces embrassements je puisais mon courage.
Enfin, je terminai mon docte apprentissage !
Des couronnes chargeaient mon front : j'étais savant.
De mon noble avenir ma mère était rêvant ;
Moi, du contentement d'enrichir sa vieillesse,
Impatient d'aller conquérir la richesse,
Je reçus à genoux sa bénédiction
Et partis consolé par mon illusion.
Paris, resplendissant de ses magnificences,
Me parut convier mes jeunes espérances
Au glorieux concours de libéralités,
Noble dot des talents par la France adoptés ;
Et j'entrai dans Paris comme entre dans l'arène
L'athlète qui pressent sa victoire certaine ;
Car je sentais aussi que mon cœur exalté,
Par d'impuissants désirs n'était point agité.
Vous ne me trompiez point, cri de ma conscience,
Mystérieux appel, céleste confidence !
Je vous entends encor sur ma couche de deuil
De ces pressentiments justifier l'orgueil.

Mais j'étais inconnu ; j'étais pauvre et timide,
Perdu dans cette foule où je cherchais un guide,
Où ma reconnaissance eût pour prix d'un bienfait
Donné tant d'amitié ! Ce fraternel souhait,
Nul cœur ne l'accueillit ; et, sans vouloir m'entendre,

Nul talent ne daigna sous son appui me prendre ;
Egoïste et jaloux, il m'aurait écarté,
De trop près m'approchant de sa célébrité,
Si le soleil qui luit sur sa course prospère,
Eût d'un faible rayon réchauffé ma misère.
Oh ! combien j'ai de fois, aux bornes du chemin,
Appuyé ma fatigue ! et, le front dans ma main,
Versé de pleurs amers au bruit des chants de fête !
Et de la gloire encor poursuivant la conquête,
J'allais — je travaillais — j'implorais — mais en vain !
Et j'ai, durant trois ans, supporté ce dédain !
Moins à plaindre que moi, l'esclave d'Amérique,
Mouillant de ses sueurs le sable du Tropique,
Sa tâche au moins finit quand vient l'heure du soir :
Moi je luttais toujours sous un fiévreux espoir !
Il faut, longtemps avant que le cœur se résigne
A courber sa fierté sous l'affront qui l'indigne,
Il faut longtemps avant que l'on doute de soi :
C'est le martyr qui tombe — et qui garde sa foi.
Dérisions du sort ! déceptions mortelles !
Sentir sa force — hélas ! sentir qu'on a des ailes
Pour s'envoler au loin comme le jeune oiseau,
Et sur la terre ainsi ramper vers le tombeau,
D'une vie inféconde épuisant les tristesses !
Et devant moi Paris étalait ses richesses !
J'étais ce mendiant qui, pressé par la faim,
Aux portes du banquet attend un peu de pain !
J'étais ce malheureux qu'à la mort on condamne,
Et que sur son chemin laisse la caravane.
Elle s'éloigne et chante — et lui, jette éploré
A travers cette joie un cri désespéré.
Je te jette mon cri de mort, cité marâtre,
Où l'égoïsme, ainsi que l'idole de plâtre,
Écoute sans entendre et regarde sans voir.
Mes pleurs ont devant toi coulé sans t'émouvoir,
Paris ! crains à ton tour la fortune railleuse :
L'herbe couvre aujourd'hui Ninive l'orgueilleuse !
Oui : sois maudite, ville aux charmes tentateurs,
Calice d'amertume aux bords couverts de fleurs ;
Fournaise dévorante où l'or avec la fange,

Le rire avec les pleurs accouplent leur mélange !
Sois maudite ! je fuis pour ne plus te revoir !
Je fuis t'abandonnant mes vœux, mon noble espoir,
Comme le naufragé qui gagne le rivage,
Laisse derrière lui ses trésors à l'orage !

Hors des sociétés j'allai donc vivre seul.
Je crus, m'enveloppant déjà de mon linceul,
Au fond des bois et loin de toute joie humaine,
Que dans ce calme enfin j'endormirais ma peine.
Là je trouvais encor d'autres élus des cieux :
L'arbre fructifiait ; l'oiseau chantait joyeux,
Et la fleur, s'abreuvant d'une douce rosée,
S'ouvrait fraîche devant ma jeunesse épuisée.
Et comment empêcher nos cœurs plein de regrets,
D'oser se plaindre alors des célestes décrets !
Qu'ai-je fait, m'écriais-je ! et quelle occulte offense
Dieu fait-il expier à mon humble existence !
Pour le mieux contempler, j'ai voulu m'élever.
Puissance du Seigneur, est-ce donc vous braver !
Que les rois de la terre, instruits par leurs disgrâces,
De nos témérités punissent les menaces ;
Mais vous, le Roi des cieux, êtes-vous menacé !
Et puis, par votre souffle aussi l'homme est poussé,
Tendant à s'élever comme l'errante nue,
Et poursuivant comme elle une route inconnue ;
Nous vous obéissons, Seigneur, la nue et moi !
L'Incas dit à son fils : Vis, endure et tais-toi !
C'est le conseil donné par une autre infortune
Qui souffre et ne peut rien, que la plainte importune ;
Mais vous qui pouvez tout, vous dont la volonté,
Sur les ailes du vent parcourt l'immensité,
O vous ! de mes destins le libre et juste arbitre,
Quand mon affliction vous implore à ce titre,
J'attends votre pitié, Seigneur, dont j'ai besoin !
Eh quoi ! du haut des cieux, insensible témoin,
Assisteriez-vous donc aux douleurs de ma chute,
Comme ces empereurs qui contemplaient la lutte
Où dans les jeux du cirque, un esclave jeté,
Se débattait sanglant devant leur Majesté ?

Courbez de l'homme heureux l'espérance superbe ;
Mais, s'il souffre étouffé, relevez le brin d'herbe.
Il est votre œuvre aussi ; vous ne méprisez rien ;
Il peut donc demander aussi sa part de bien !

A ce cri suppliant, la jeune hospitalière
Ne retint plus les pleurs qui voilaient sa paupière.

Vous pleurez ? oh ! ma sœur, ne vous détournez pas
Laissez-moi voir vos pleurs ; la seule aumône, hélas !
Que ma longue infortune en ce monde a reçue !

La retraite n'offrait à mon âme déçue
Qu'un repos accablant, une étroite prison.
Cet ennui monotone, amer et lent poison,
Ce vide autour de soi, ce froid qui toujours glace,
Ces jours que la douleur rive à la même place,
Comme à l'anneau de fer la chaîne du forçat,
Ah ! c'est le châtiment qui frappe un scélérat !
Et je le subissais, cet horrible supplice !
Et je n'ai point armé ma main libératrice !
Elle eût brisé des jours que je devais haïr !
J'ai vécu pour savoir tout ce qu'on peut souffrir.
— Mon frère, il vous restait l'amour de votre mère.
— Oui, ma sœur : soutenu par une main si chère,
Le fardeau de la vie est moins lourd à porter !
Bonne mère ! j'allais, pour ne plus vous quitter,
Oublier dans vos bras que tout me fut mensonge.
Seule et triste, elle avait, sur la foi d'un doux songe,
Attendu pour son fils ce lendemain meilleur,
Ce lendemain, pour elle et pour moi si trompeur !
Je ne la revis point ! — L'âge avec l'indigence
Avait dans les douleurs éteint son existence !
Je ne le revis point ! — Ah ! je voulais du moins
Embrasser ce foyer où ses maternels soins
Avaient de tant d'amour entouré ma jeunesse,
Où sur ma longue absence a pleuré sa tendresse !
L'étranger l'occupait : je fus chassé, ma sœur !
Mes cris importunaient cet heureux possesseur.

Alors sur le gazon où reposait ma mère,
J'allai la retrouver ; la funèbre pierre
Aurait à mon sommeil, à ses côtés placé,
Offert le même lit — je fus encor chassé !
Seul, traînant au hasard ma douleur vagabonde,
Sans qu'une voix amie à ma plainte réponde,
Malade, sans abri, partout humilié,
Je suis venu chercher ici votre pitié.

Il se taisait, le front penché sous la souffrance ;
La vierge dans ses bras soutient sa défaillance.
O spectacle émouvant ! on l'eût prise, à la voir
Muette, pâle et triste avec son voile noir,
Pour l'ange qui du ciel vient, quand l'homme succombe,
Sur ses ailes de deuil le porter dans la tombe.

Mais bientôt, soulevé par sa fébrile ardeur,
Le malade reprend son récit de douleur.

Eh bien ! je touche enfin au terme de ma vie !
Voilà ma destinée en ce monde accomplie !
Qu'y suis-je venu faire, indigent, inconnu !
Pour tant d'affliction quel prix ai-je obtenu !

Ne l'obtiendrez-vous pas ? Quand la lutte s'achève,
Quand après le combat vient l'heure de la trève,
N'est-ce donc pas alors le moment désigné
Où le vainqueur reçoit le prix qu'il a gagné !
De douleur et d'ennuis votre existence est pleine,
Mon frère ! mais, ce poids du jour et de la peine,
Par le Dieu qui nous juge il vous sera compté ;
Car ne croyez-vous point que la félicité
Dans un monde meilleur sera notre salaire ?
Pour arriver au ciel, nous traversons la terre,
Comme il m'est raconté que par delà les mers
Fleurissent des jardins qui, frais et toujours verts,
Sous d'éternels printemps balancent leurs ombrages,
Et qu'on y va de même à travers les orages.

Sur le fer qu'on éprouve on jette un lourd fardeau ;
Le labeur de ce monde est-il le lourd manteau
Que Dieu, nous éprouvant, jette sur nos faiblesses ?
Quels yeux n'ont pas pleuré ! quel cœur n'a ses tristesses !
Mon frère, dites-moi que vous croyez aussi :
Que Dieu dans sa bonté prendra de nous souci !
Et qu'un jour nous irons dans les béatitudes,
A la cité céleste asseoir nos lassitudes.
L'espoir nous vient du ciel ; il ne trompe donc pas !
Et ne voyons-nous point, au retour des frimas,
Quand novembre est venu, l'hirondelle frileuse
Qu'emporte loin d'ici son aile voyageuse ?
Comme elle nous irons, changeant aussi de lieux,
Chercher le beau soleil qui luit sous d'autres cieux ;
Et ne regrettons point d'aimer peu cette vie,
Puisqu'il faut, tôt ou tard, qu'elle nous soit ravie.

Dans mes recueillements, ainsi que vous, ma sœur,
De ces félicités j'ai rêvé la douceur.
Dieu n'aura point voulu dans sa toute-puissance,
Sans but, sans avenir, nous donner l'existence ;
Car enfin dans les pleurs, naître, vivre et finir,
Est-ce là le bienfait qui le ferait bénir ?
Dans les lampes d'argent comme le feu dévore,
En le purifiant, l'encens qui s'évapore,
L'âme s'épure-t-elle au feu de la douleur ?
Quand pour elle est venu le terme expiateur,
Et libre, abandonnant l'enveloppe mortelle,
En célestes vapeurs alors s'exhale-t-elle,
Souffle émané des cieux et remontant aux cieux ?
Le reste est un limon pour ces terrestres lieux.
Mais je vois que l'insecte, en changeant de nature,
Sur des ailes porté, sort de sa sépulture ;
Et je me dis : la tombe est un autre berceau ;
Ma sœur, renaîtrons-nous pour un exil nouveau ?
Et nous aussi, changeant de forme et de misère,
Irons-nous remplacer par-delà cette terre
Ceux-là qui nous avaient ici-bas devancés,
Pour être à notre tour ici-bas remplacés ?

Activité féconde où la vie immortelle
S'agite, s'entretient, circule universelle,
Dans chaque être imprégnant son principe divin :
Des générations mystérieux levain.
Et comme ces coureurs devant un char rapide,
Passant de main en main le flambeau qui les guide,
Arrivons-nous ainsi jusqu'au troisième ciel
Où fut ravi l'apôtre, où siége l'Eternel ?
A nos prévisions peut-être ainsi s'explique
Du fils de Rebecca l'échelle symbolique :
Ces degrés que l'on monte et que l'ange défend,
Et le dernier combat de Jacob triomphant.

C'est toujours ce *peut-être*, obscurité profonde !
Je t'interroge en vain, ô voix d'un autre monde.
— Mon frère, elle nous parle, et c'est elle qui dit :
Priez ! quand notre foi que le doute étourdit
Tombe sous le vertige, et nous laisse sans guide,
Criant, comme dans l'ombre un jeune enfant timide,
Quand s'éteint le flambeau qui veillait près de lui.
La prière nous rend la foi, ce saint appui.
Ne me lisiez-vous point la légende divine
De ce juste éprouvé déplorant sa ruine ?
Du doute et de la foi, c'est le rude combat,
Disait votre savoir ; et de son humble état,
Quand Job puissant retourne aux splendeurs de la vie,
Que la foi qui triomphe, et que Dieu glorifie.
Le doute — n'est-ce pas — c'est une impiété,
Mon frère — et croire en Dieu — c'est croire à sa bonté.
N'est-il pas appelé notre céleste père ?
— Ce père pour nous deux s'est montré bien sévère !
— Mon frère, il nous aura détournés de l'écueil.
Dans ce monde obtenant un louangeur accueil,
Vous auriez eu la gloire — auriez-vous eu la joie ?
Ce monde, avez-vous dit, sème de fleurs la voie
Où sans craindre un péril on ne peut s'engager :
Aurais-je, faible enfant, évité le danger ?
Oui : Dieu veille sur nous ; la main de Dieu nous mène...
— A l'hôpital, ma sœur.

                    — Quand l'injustice humaine
Nous poursuit — c'est ici, que sous sa garde, Dieu
Vous confie à nos soins, c'est dans cet humble lieu
Que ce Dieu Tout-Puissant pose ici-bas sa tente.
La sainte charité, toujours ici présente,
Fille de sa pitié, vous assiste en son nom ;
Ce Dieu compâtissant vous ouvre sa maison,
Comme il l'avait ouverte à moi, pauvre orpheline.
Ainsi le bon pasteur, derrière la colline,
Conduit le faible agneau que le froid a transi :
Derrière un monde ingrat, Dieu vous abrite ici.

    — Voici venir la mort qui finira mon doute.
Écoutez... J'ai trouvé par hasard, sur ma route,
Un trésor — mon seul bien — un don sacré pour moi
Sainte relique, offerte aux respects de ma foi.
Après tant de bienfaits, et pour faveur dernière,
Quand votre chaste main fermera ma paupière,
Dans mon sépulcre, afin que mon sommeil soit doux,
Que ce pieux trésor soit déposé par vous...
Et la vierge écoutait encor plus attentive.

Un jour, je succombais sous ma douleur plus vive :
A mes côtés veillait, tremblante pour mes jours,
Une sainte gardienne, ange de bon secours.
Des docteurs m'apportant l'appui de leur science,
Elle avait vu faillir la vieille expérience ;
Et n'espérant plus rien de leurs remèdes vains,
Alors elle attacha, de ses dévotes mains,
Sur mon front qui brûlait la croix de son rosaire,
Et je ne souffrais plus ! — Cette croix salutaire,
La voici !
        — C'est la mienne !
                          — Oui, ma sœur ! votre croix ;
Oui, c'est elle, où mes pleurs ont coulé bien des fois !
—Et que j'ai, comme vous, sans joie et sans famille,
Mouillée aussi de pleurs, reprit la sainte fille ;
Gardez-la, cette croix ! votre vœu m'est sacré.
Dans la tombe avec vous je l'enseveliraî.

Adieu, ma sœur ! adieu ! soutenez ma faiblesse ;
Sur mon œil qui vous cherche, un lourd rideau s'abaisse.
Quand je ne vous vois plus, donnez-moi votre main.
Ah ! vous ne viendrez plus me réveiller demain,
Lorsque de l'Angelus sonnera l'heure sainte !
Je disais avec vous la pieuse complainte :
Nos prières montaient ensemble, allant vers Dieu :
Demain, quand vous prierez, j'aurai quitté ce lieu.
Un autre infortuné, conduit par la misère,
Près de ma couche attend, pour mon legs mortuaire,
De mes jours s'éteignant les dernières lueurs :
Héritage d'un lit tiède encor de mes pleurs.
Vous ne me verrez plus au jardin de l'hospice !
Pour rafraîchir ma fièvre à son ombre propice,
Je venais chancelant, aidé de votre bras,
Au banc du sycomore asseoir mes faibles pas.
On ne me verra point, à la Pâque fleurie,
Convive de Jésus, à l'autel de Marie,
Du céleste festin prendre avec vous ma part !
Allons ! j'entends sonner la cloche du départ :
Mon âme, en s'envolant vers une autre patrie,
Emporte pour ne point maudire cette vie,
Ma sœur, le souvenir de votre charité,
Qui soutint le calice où but ma pauvreté !
Adieu !
      — Mon frère ! — il vit encor — son cœur soupire.
Grand Dieu ! son œil se ferme — il me nomme, il expire !

Elle, s'agenouillant alors : Dieu rédempteur,
Qui sur la terre aussi connûtes la douleur,
Vous avez dit : ceux-là qui souffrent pour mon père,
Les faibles, les petits qui n'ont rien sur la terre,
Qu'ils ne regrettent rien — le ciel leur est ouvert.
Je suis faible, humble, et pauvre—et j'ai beaucoup souffert—
Mais toujours confiante en vos saintes promesses,
Seigneur, j'ai, sans me plaindre, accepté mes tristesses,
Priant pour tous, — jamais vous implorant pour moi ;
Tant de soumission, Dieu juste ! à votre loi,
Si vous la regardez digne de récompense,
Laisez venir à vous ma dernière espérance !

C'est la pauvre servante, aux pieds du moissonneur,
Quand sa force faiblit sous le poids du labeur,
Demandant que son maître, avant l'heure arrivée,
Acquitte, généreux, la tâche inachevée.
De cet infortuné qui me fut confié,
Ne me séparez point ! — il fut tant châtié !
Grâce pour lui, Seigneur ! que, laissant cette terre,
Où j'ai pu consoler son âme solitaire,
Quand dans un autre lieu finira son sommeil,
Il me retrouve encor présente à son réveil !
Ah ! vous ne voudrez point, seule ici qu'elle reste,
La sœur que lui donna votre pitié céleste.
Vous me l'aviez lui-même accordé pour soutien :
Il me fortifiait par son sage entretien,
Aux jours d'accablement de mon âme trop triste.
N'ai-je donc plus besoin, Seigneur, que l'on m'assiste !
Traversant le désert, lorsque le jeune oiseau
Dans sa course brûlante arrive au bord de l'eau,
Devant sa soif alors tarissez-vous la source ?
Vous lui dites : c'est moi, désaltérant ta course,
Qui te fais rencontrer sur l'aride sentier,
L'onde fraîche, et l'abri de l'arbre hospitalier.
Recevez vos enfants ! que vers vous envolées,
Nos âmes soient ensemble aujourd'hui rappelées !

Le lendemain on vit des pauvres qui pleuraient,
Entourant un cercueil que des fleurs décoraient.
Dans le funèbre lit, sous des fleurs d'hyacinthe,
Dormait la sœur Louise ! et dans la même enceinte,
Sur la couche que voile un long tissu de lin,
Comme elle, à son côté, sommeillait l'orphelin.
Dieu les avait bénis ; et, compagnes fidèles,
Au céleste foyer, leurs âmes immortelles
Allaient, d'une autre vie allumant le flambeau,
Dans une chaste étreinte unir leur sort nouveau.

Puisons dans ce récit cette croyance sainte,
Que la mort ne doit pas nous inspirer de crainte :
C'est l'ange du pardon ; l'exil finit pour nous.
Vivre, est un châtiment ; mourir, c'est être absous !

CINQUIÈME LIVRE

—

Quare tristis es, anima mea, et quare conturbas me ?
PSAUME.

—

LES EX-VOTO.

—

La pieuse Provence a reçu d'Italie
La coutume d'amour et de dévotion
D'apposer à l'autel un don qui glorifie
　　La divine protection.

Aux campagnes du Var, dans un humble village,
A l'église du pauvre, avez-vous prié Dieu ?
Là, dans un cercle d'or, ne brille point l'image
　　Du saint qui protége ce lieu.

Sur les murs, à l'autel, sous les vieilles arcades,
Pendent les dons votifs que le prêtre a bénis ;
Sainte offrande à celui qui dit aux cœurs malades :
　　Je viendrai ; vous serez guéris !

Qu'avec émotion mon regard les contemple,
Ces emblèmes dévots, à la nef suspendus !
Eh ! quel plus beau trophée embellirait ce temple
　　Où les simples sont les élus !

Vous riez de ces dons, docteurs de la science !
De ces pauvres d'esprit ne vous amusez pas.
C'est la religion de la reconnaissance ;
    La vôtre est celle des ingrats.   .

Que savez-vous ? douter. Eux, ont besoin de croire ;
Quand, tombant à genoux, ils regardent les cieux,
Que Dieu les entendra ; que du haut de sa gloire,
    Dieu qui les voit, aura soin d'eux.

D'un cœur percé de dards, ici c'est le symbole.
Pauvre fille, est-ce toi que blessa la douleur,
Et qui, remerciant le Dieu qui te console,
    Lui consacras ton jeune cœur ?

Là, c'est un anneau d'or : promesse d'hyménée
Qui sur la terre, hélas ! n'aura pu s'accomplir !
L'âme ici-bas pleurant l'âme au ciel retournée,
    Sanctifia ce souvenir ;

Le soir, la fiancée, à l'heure du rosaire,
S'agenouille devant cet anneau, son trésor,
Priant Dieu pour celui qui l'aima sur la terre,
    Qu'elle pleure, l'aimant encor.

Plus loin, c'est un vaisseau sans mâts et sans cordages :
Mon Dieu ! secourez-moi, cria l'homme éprouvé ;
Et Dieu l'aura conduit à travers les orages,
    Lui disant : ta foi t'a sauvé !

Cette lampe d'argent fut le don d'une mère
Pour sa mourante fille implorant le Seigneur ;
Et l'enfant se leva de son lit funéraire,
    Au souffle puissant du Sauveur.

Un riche bracelet pend à l'ogive sainte ;
Sur l'or qu'ils ont terni, combien de pleurs versés !
Une beauté mondaine entra dans cette enceinte
    Où les péchés sont confessés ;

Du monde détrompée, arrivant repentante,
Me voici devant vous, Seigneur, a-t-elle dit :
Vous, semblable au pasteur qui ramène en sa tente
    La pauvre brebis qu'il perdit.

Et voyant tous ces dons, moi je me prends à dire :
Seigneur, que de chagrins vous avez visités !
Qu'à votre autel aussi mes dons viennent inscrire
    La mémoire de vos bontés !

UN REGRET.

—

Miserescat te mihi.
TÉRENCE.

Si j'avais une sœur !
Quand vers les cieux mon âme
Jette un cri de douleur,
Son sourire de femme
Chasserait mon souci.
Devant l'aurore ainsi,
La nuit qui se retire,
Fuit sous son voile noir.
Ah ! si je pouvais voir
Une sœur me sourire !

Si j'avais une sœur !
Quand la nuit est venue
Et que de mon labeur
La tâche est suspendue,
Je me prends à pleurer.
Dors ! tu dois espérer ;
Dors ; me dit sa voix tendre.
Cette voix d'une sœur,
Si je pouvais l'entendre !

Si j'avais une sœur,
Ange de pitié sainte,
Pour moi pauvre pécheur,
Dieu m'ouvrirait l'enceinte
Où ses élus s'en vont !
Quand mes jours finiront,
Obtiendrai-je une place
Au banquet du Seigneur ?
Moi, je n'ai point de sœur
Pour demander ma grâce !

PRIÈRE DU MATIN.

Sursùm corda !

L'aube luit et pour moi ramène un jour nouveau.
Seigneur ! qu'il ne soit point un trop pesant fardeau !
Ma force s'affaiblit ; tout m'est lourd — tout m'attriste !
Sous l'arbre du chemin si je tombe lassé,
Avant d'avoir fini le labeur commencé,
Si pour me relever nul appui ne m'assiste,
Je ne vous dirai point : pourquoi m'éprouvez-vous ?
Les yeux mouillés de pleurs, sans me plaindre, à genoux,
J'attendrai que sur moi votre regard descende :
C'est un peu de pitié, Seigneur, que je demande !
Vous ne refusez point à la plus humble fleur,
Pour la désaltérer, quelques gouttes de pluie ;
Vous semez pour l'oiseau le grain qui fructifie ;
Et vous faites trouver un abri protecteur
A l'insecte qui rampe égaré sur le sable ;
Hélas ! me serez-vous, Seigneur, moins secourable ?
Et dans ce monde, à moi ne faut-il pas aussi
L'abri, la goutte d'eau, le pain de la journée ?
Suis-je comme la paille aux vents abandonnée ?
Vous êtes le Dieu juste — ayez de moi souci !
Saint amour de mon âme, ô ma céleste mère !
Vous qui priez pour ceux qui souffrent sur la terre,
Priez pour moi ! mes jours, sombres comme mes nuits,
S'en vont pleins de dégoûts, de troubles et d'ennuis !
Ma mère ! demandez au Seigneur qu'il envoie
A votre pauvre enfant quelques heures de joie !
Est-ce trop accorder à mon délaissement ?
Venez, heures de joie, heures pour moi nouvelles ;
Venez me consoler ! que je sente un moment
Autour de mes douleurs, vos caressantes ailes,
Les dissipant, ainsi que la brise qui fuit
Emporte dans son vol les brumes de la nuit.

PRIÈRE DU SOIR.

Kyrie eleison !

Sous les plis du nuage éteignant son flambeau,
Le soleil disparaît derrière le coteau
Et la cloche a sonné l'heure de la prière ;
Heure sainte où finit la tâche journalière.
Salut, heure bénie ! où l'homme agenouillé,
Lève vers Dieu son front par la sueur mouillé ;
Et, comme aux pieds du maître, un pauvre mercenaire,
Du labeur quotidien demandant le salaire :
C'est le repos, Seigneur ! c'est, après le combat,
La trève secourable accordée au soldat,
Pour qu'il dresse sa tente et panse ses blessures.
Je n'ai point de l'impie écouté les murmures ;
J'ai, le long de ma route, au pauvre ouvert ma main ;
Et ma voix n'a flatté, ni heurté mon prochain ;
Seigneur, bénissez-moi pour que ma nuit soit douce !
Que loin de mes rideaux le bon ange repousse
Les rêves envoyés par l'archange maudit,
Troublant notre sommeil que leur souffle alourdit.
Vous n'abandonnez point dans sa couche imprudente
La nymphéa qui dort sur la vague grondante ;
Ses feuilles, frais abris, enveloppent sa fleur,
Et l'eau ne touche point ce rempart protecteur.
J'ai pour garder ma couche aussi, la palme sainte,
Que le jour des rameaux, dans la gothique enceinte,
Ma mère — qui n'est plus ! — alla faire bénir ;
Son dernier legs d'amour ! son dernier souvenir !
Sous le rameau sacré, ma prière s'incline,
O Seigneur ! invoquant la parole divine
Où le Sauveur a dit à notre piété
Qu'elle n'implore point en vain votre bonté.

A l'heure où le sommeil, dans une paix profonde,
Comme dans le sépulcre ensevelit ce monde,
Ne permettez-vous pas que, transfuge du corps,
Pour respirer l'air pur, libre un moment alors,
L'âme de sa prison sorte mystérieuse,
Comme un pauvre captif, dans l'ombre officieuse
Où la pitié permet qu'il s'écarte sans bruit,
Et qui reprend ses fers quand l'aube à peine luit?
Qu'à travers le ciel bleu, l'étoile voyageuse
Dont la nue a voilé la course lumineuse,
Seigneur ! emporte ainsi mon âme où sont allés
Ceux que de cet exil vous avez rappelés ;
Ceux que j'ai tant aimés, dont l'absence me laisse,
Pour les pleurer toujours, seul avec ma tristesse !
Que j'oublie un moment qu'il me faudra demain,
Voyageur fatigué, poursuivre mon chemin ;
Quand luira le soleil, qui dans les cieux lui-même
Marche, esclave docile à votre loi suprême ;
Car tout vous obéit ; et dans l'immensité,
Tout se meut sous le poids de votre éternité.
Gloire à vous dans le ciel, Dieu que ma foi révère !
Assistance et repos pour nous sur cette terre !

ÉPITAPHE.

THOMASINE !

La coupe où nous buvons lui parut trop amère
Et, la brisant, jeune âme, elle retourne aux cieux.
Nos pleurs seuls ont marqué sa trace sur la terre !
Telle une étoile brille et disparaît aux yeux.

LE DEUX NOVEMBRE.

All—souls day !

Suspendez vos concerts ; interrompez vos danses !
L'orgue sacré lui-même arrête ses accords.
Faites trêve un moment à vos réjouissances :
Novembre a pris le deuil ! c'est la fête des morts !

Dieu permet, ce jour-là, qu'ils visitent la terre ;
Et, convives muets, occultes spectateurs,
Ils viennent célébrer la fête mortuaire,
Au milieu des amis qui leur donnent des pleurs.

Ah ! gardons leur mémoire ; ils conservent la nôtre !
C'est pour aimer que l'âme a l'immortalité.
L'amour, immense chaîne, unit ce monde à l'autre ;
Et Dieu tient les deux bouts de cette immensité.

Pour te solenniser, l'homme suspend sa tâche,
Jour de deuil ! et quel cœur n'a ses afflictions !
Le jour, la nuit, toujours, fossoyeur sans relâche,
La mort creuse une tombe à nos affections.

Salut, des trépassés fête mélancolique !
Dans ce monde aujourd'hui les voici revenus,
Nos amis enlevés au foyer domestique ;
Les voici reprenant leurs jours interrompus.

Autour de leurs portraits, que votre main suspende
Les fleurs que pour leur fête autrefois on cueillait ;
Au pauvre, ce jour-ci, donnez la double offrande :
Que leur fête pour lui soit encore un bienfait.

O toi ! qui fus longtemps ma compagne fidèle,
Tous les ans ce saint jour nous voyait à genoux,
Pour ceux qui ne sont plus, prier dans la chapelle :
Je ne manquerai point au pieux rendez-vous !
La campagne aujourd'hui sans parfums, dépouillée,
Cache sa nudité sous un épais brouillard ;
Ils jettent à nos pieds leur couronne effeuillée,
Ces jardins, comme nous tristes de ton départ.

Votre fils vous attend, pensif sous le vieux saule
Où, comme ses beaux jours, son ruisseau s'est tari.
Le front appesanti, penché sur votre épaule,
Malade, il vint souvent s'asseoir à cet abri ;
Vous sentez près de lui faiblir votre courage ;
Mais la mort ne rompt point la volonté de Dieu ;
Et Dieu ne voudrait pas détruire son ouvrage ;
Rassurez-vous ! mourir n'est que changer de lieu.

Ce berceau resté vide, ornez-le d'hyacinthe :
Un jeune ange descend du céleste séjour :
C'est votre enfant ! il vient, pliant son aile sainte,
Couché dans ce berceau, sourire à votre amour.
Dites-lui la chanson qui berçait sa souffrance,
Lorsque sur vos genoux, pour la dernière fois,
Vous l'avez endormi ! c'est fêter sa présence ;
Il croira vivre encore entendant votre voix.

Chaste femme, l'époux que ton veuvage pleure,
Cette nuit, près de toi viendra se reposer ;
Ainsi que sur la feuille un souffle qui l'effleure,
Sur tes yeux endormis passera son baiser.

Dans l'alcôve où priait votre mère chérie,
D'eau bénite emplissez la coupe de cristal ;
Suspendez au-dessus du portrait de Marie,
La croix d'or, le rosaire et le rameau pascal.
A genoux, maintenant ! votre pieuse mère
S'agenouille et demande, intercédant pour vous,
Qu'il vous soit accordé d'heureux jours sur la terre ;
Vous, demandez à Dieu que son repos soit doux !

Dans ce large fauteuil assis, votre vieux père
Prolongeait la veillée avec ses gais récits.
Quittant, pour vous revoir, sa couche mortuaire,
Dans ce même fauteuil votre père est assis !
Il est là ! soulevant le linceul qui le couvre,
Il vous cherche ! oh ! venez : ne vous effrayez pas !
Venez tous, l'entourant de votre amour ! il ouvre,
Pour vous bénir encor, ses invisibles bras.

Minuit terminera la funèbre visite.
L'heure sonne ! avez-vous jusqu'alors sommeillé ?
L'ami qui vous fut cher, en ce moment vous quitte ;
C'est son baiser d'adieu qui vous a réveillé.

Tous ces morts ont vécu ! tous, ils ont sur la terre,
A d'autres trépassés offert le même accueil.
Quand sera de retour le triste anniversaire,
Peut-être dormirai-je aussi dans le cercueil !

Ah ! que pour moi l'oubli ne vienne pas trop vite !
Vous qui m'avez connu, que pour fêter ce jour,
Je trouve votre deuil attendant ma visite !
Gardez à ma mémoire un souvenir d'amour !

UNE LAMENTATION.

—

> Mon bonheur eût été d'être aimé, aussi bien
> que d'aimer, car on veut trouver la vie dans
> ce qu'on aime.
>
> SAINT AUGUSTIN. (*Confessions.*)

Ce terrestre séjour est un lieu de passage
Où l'homme, sans quitter le bâton de voyage,
S'en va portant sa vie au milieu des douleurs,
Laissant derrière lui la trace de ses pleurs.
L'espérance nous suit, sainte consolatrice.
Comme sur l'enfant veille une tendre nourrice,
Dans nos rêves, la nuit, entretenant d'amour
Nos cœurs encor froissés des tristesses du jour ;
Au réveil promettant à nos courses brûlantes,
Pour les désaltérer, des sources ruisselantes.
Et l'on arrive ainsi jusqu'au bout du chemin !
Dieu mit là cette borne où vient le pélerin,
De ses pieds fatigués secouant la poussière,
S'endormir — et sur lui tombe la lourde pierre !
Le vestige poudreux que ses pieds ont laissé,
Avec d'autres débris, le vent l'a dispersé.
Et tout est consommé ! non : l'homme, œuvre immortelle,
Dans la nuit du tombeau rentre et se renouvelle.
Dans le sépulcre il a, convive du Seigneur,
Quitté le vêtement de ses jours de labeur.
Avant d'aller s'asseoir au festin de son hôte,
Ainsi le voyageur au seuil du festin, ôte
Ses brodequins usés que la fange a souillés,
Ses habits par l'orage et la sueur mouillés.

Le réveil est aux cieux ! c'est là que, pour m'attendre,
Tu pris ton vol, ô toi qui me manque, âme tendre,
Que Dieu d'un même souffle, ensemble, un même jour,
Fit naître avec la mienne et pour s'aimer d'amour.

Révélée à mon cœur, mais à mes yeux cachée,
Sœur de mon âme, hélas ! je t'ai partout cherchée !
Au loin chez l'étranger, dans nos riches cités,
Aux fêtes du grand monde où de jeunes beautés
Bercent au bruit du bal leurs rêves d'hyménée ;
Sous le chaume où s'abrite une humble destinée ;
Et dans la solitude, à l'ombre des grands bois,
Où va la jeune fille, effeuillant sous ses doigts,
Pour connaître son sort, la blanche marguerite ;
Et lorsque l'Angélus sonnait l'heure bénite,
A l'autel de Marie, aux prières du soir.
D'un cœur fait pour aimer, fidèle et vain espoir !
Jamais au même autel la jeune âme chrétienne
Ne s'est agenouillée à côté de la mienne ;
Et nous n'avons jamais ensemble visité
Sous son toit indigent l'orphelin attristé ;
De notre double offrande apportant l'assistance !
Il eût prié pour nous ; et sa reconnaissance,
Ma sœur, eût demandé, charitable à son tour,
Que Dieu daignât bénir notre pieux amour !

Suis-je moins que l'oiseau qui fuit vers la montagne,
Solitude embaumée où l'attend sa compagne ?
Dieu bon, suis-je à vos yeux moins que la fleur des champs ?
Quand sur elle ont passé des souffles desséchants,
Vous dites à la nue : ouvre ton sein ; épanche
De fraîches gouttes d'eau sur la fleur qui se penche !
Et la fleur, relevant sa souffrante langueur,
Boit dans ces gouttes d'eau l'oubli de la douleur.
Comme la fleur malade aussi que de mon âme
La charité du ciel désaltère la flamme !

Tel un coupable fuit l'approche des cités :
J'allais au loin, cherchant les lieux infréquentés.

J'écoutais tous les bruits ! et mon oreille avide
Crut entendre souvent ta voix douce et timide
Qui mêlait une plainte au murmure du vent.
Dans le parfum des fleurs j'ai cru sentir souvent
De ton passage au loin la trace fugitive.
Ces fils légers des champs, lorsque l'automne arrive,
Qu'aux rayons du seleil on voit se balançant,
Et que dans l'air emporte un souffle caressant,
C'était pour moi les plis de ta soyeuse mante,
Ou des cheveux tombés de ta tête charmante.
Tendre enfance du cœur ! croyances de l'amour !
Qui de vous dans les bois, à la chûte du jour,
N'a cru voir, à travers l'ombre de la vallée,
La femme de son rêve apparaître voilée !
Et qui de vous alors, le cœur troublé, n'a pas
Au fantôme charmant parlé d'amour tout bas ?
Tout bas, pour que l'écho n'entende et ne redise
La parole qui fuit sur l'aile de la brise.
Doux mirage, tu m'as consolé quelquefois !

Mais toi-même, ô ma sœur, n'as-tu point, dans les bois,
Rêvé d'amour aussi ? tu me cherchas sans doute.
Quand ton pas si rapide a parcouru la route,
Tu crus m'atteindre alors — et tu m'as devancé !
Eh ! quoi : tu m'apparais toujours le front baissé !
Crains-tu qu'on ne devine, à te voir triste et pâle,
Qu'un vœu d'amour troubla ton âme virginale !
Ils ont pleuré, tes yeux que tu n'oses lever
Etait-ce du regret de ne point me trouver ?
Oh ! que n'ai-je suivi ta course sur la terre !
J'aurais du moins rendu ta fatigue légère,
Dans les rudes sentiers te prenant dans mes bras ;
Et quelquefois aussi, pour reposer mes pas,
Dans les bois t'asseyant sous leurs vertes arcades,
J'aurais bu dans tes mains l'eau fraîche des cascades ;
J'aurais tressé pour toi des couronnes de fleurs.
Quelle reine au milieu de toutes ses splendeurs,
Sous sa couronne d'or aurait été plus belle,
Aurait vu plus d'amour s'incliner devant elle ?

Ah ! s'il m'avait fallu, pour vivre à tes côtés,
Pauvre, errer mendiant de cités en cités,
Parmi ces bohémiens sans patrie en ce monde ;
Eh bien ! traînant comme eux ma hutte vagabonde,
Partout injurié, mais aimé, mais heureux,
A leur suite on m'eût vu remercier les cieux.

Ce paria maudit, cherchant une retraite
Pour soustraire ses jours au mépris qu'on lui jette :
Vous le plaignez ? mais quoi ! le paria souffrant
A trouvé, pour s'unir à son destin errant,
Une douce compagne et, durant la journée,
Qui, tressant des roseaux pour leur lit d'hyménée,
Chante à ses pieds assise et charme son exil.
Ah ! qu'on lui porte envie ! oui : que lui manque-t-il ?
Sa bien-aimée est là ! tous les trésors du Gange
Valent-ils son baiser et son sourire d'ange ?
Valent-ils son regard, doux reflet du ciel bleu ?
Ma sœur, n'est-il pas vrai ? quel plus splendide lieu
Que la cabane, où loin de la publique voie,
Et là tous deux s'aimant, ils ont caché leur joie !

N'attendez rien de ceux qui ne sont point aimés :
Dans leur froide enveloppe ils dorment enfermés,
Comme la chrysalide attend, muette et close,
Le baiser du printemps qui la métamorphose.
L'homme au feu d'un baiser aussi se transformant,
Revêt un sort nouveau. Gloire, honneur, dévouement,
Tout ce qui nous fait grand, noble et bon, c'est la flamme,
C'est l'amour que l'on puise au regard d'une femme.

Dieu lui-même l'a dit : *malheur à l'homme seul !*
Oui ; c'est vivre enfermé déjà sous le linceul,
Quand nul attachement ne retient notre vie.
Hélas ! qu'elle nous soit conservée ou ravie,
Nul cœur ne s'en émeut de joie ou de regret !
Nos jours, vides d'espoir, sans but, sans intérêt,
S'en vont inaperçus et sans laisser de trace,

10

Comme au désert de sable où le chamelier passe,
L'empreinte qu'il marqua sous son pied voyageur.

L'amour, c'est le besoin, c'est l'aliment du cœur !
Autre pain quotidien, autre céleste aumône,
Pour nous fortifier aussi que Dieu nous donne.
Elle nous a manqué, cette aumône du ciel !
Hélas ! sans avoir pu goûter un peu de miel,
Nous aurons parcouru, nous appelant sans cesse,
Ce monde où tout nous fut amertume et tristesse !
Ton court pèlerinage est maintenant fini :
Ton frère dans ce monde, où le ciel l'a banni,
Suit un plus long sentier. N'es-tu pas cette étoile
Qui chaque soir, à l'heure où l'horizon se voile,
D'un timide rayon vient caresser mes yeux ?
Lorsque je te contemple à la voûte des cieux,
Je ne me crois plus seul ; et devant toi mon âme
Tremble comme je vois trembler ta douce flamme.
Quand l'aube qui survient te fait fuir, on dirait
Une amante surprise au rendez-vous secret,
Échappant aux regards sous son voile enfermée ;
Et ton dernier rayon, ma pâle bien-aimée,
En traversant le ciel, humide de vapeurs,
Comme un baiser d'adieu semble mouillé de pleurs.

J'irai bien avant l'heure où le soleil décline,
Sous les hauts peupliers qui bordent la ravine,
Seul avec ma tristesse, attendre ton retour.
Oh ! par pitié, fuyez, heures lentes du jour !
Au milieu de tes sœurs, lumineuse phalange,
Brille, étoile bénie ! ô mon guide ! bel ange !

Ce lourd fardeau des jours pèse trop quelquefois.
Par fatigue, ou dégoût, ceux qui jettent ce poids,
Qui du breuvage amer n'achève point le reste,
Ceux-là n'entreront point dans la cité céleste ;
Retenus sur le seuil, en vain ils se plaindront.
Je ne veux pas souffrir du destin qu'ils auront.
J'irai portant ma croix ; j'épuiserai l'absinthe ;

Je veux aller m'asseoir à cette table sainte
Où, diligent convive, avant moi tu parvins.
Bientôt aussi pour moi luiront ces jours divins.
Comme le nautonnier voit, à travers la brume,
Fumer les feux du soir que le pasteur allume,
Et tombant à genoux, salue avec transport
La plage où Dieu conduit sa barque dans le port,
Je distingue la borne où ma course s'achève.
D'un tombeau vide encor la pierre se soulève.
Reçois-moi, lit funèbre où s'accomplit mon sort !
Nuit sombre où Dieu cacha le secret de la mort !

ÉPILOGUE.

—

SON'IO.

ARIOSTE.

T'is greatly wise totalk with our past hours ;
Their answers form what men experience call.

YOUNG.

—

A M. LE COLONEL DE LARCHE.

—

Mes vers, datés de la Toscane,
Te vont chercher dans la cité
Que sous Valois défendit Jeanne
Et que garde ta loyauté.
Non cette picarde amazone
Qui dans Beauvais sauva le trône ;
Mais — l'Anglais s'en souvient très-bien —
Cette jeune et chaste guerrière
Qu'il fit brûler comme sorcière
Et qui fut notre ange gardien.

Annibal laissait à Capoue
Dormir ses soldats fainéants ;
Mais, comme l'active roue
Que la naïade d'Orléans,

Au bruit des ondes qu'elle verse,
Fait tournoyer pour le commerce,
Les tiens prennent peu de repos :
Au champ de Mars, et dès l'aurore,
A ton commandement sonore,
On voit s'agiter leurs drapeaux.

Permets que ta troupe de braves
Aujourd'hui ne déroule pas
Ces drapeaux que des champs bataves
Tout déchirés tu rapportas ;
Titres sacrés de la vaillance,
Qu'avec orgueil montre la France !
Sans ton habit de colonel,
Et t'asseyant sous le feuillage,
Ensemble, de notre jeune âge,
Remontons le cours fraternel.

Avant que l'arbuste se sèche,
Quand le soir se penche sa fleur,
Si nous portons un peu d'eau fraîche
Pour désaltérer sa langueur,
Il renaît ; et de la fleur pâle,
Un doux parfum encor s'exhale.
Quand, de même, il va s'inclinant
Sous l'âge pesant qui le ploie,
L'homme, à ces souvenirs de joie,
Relève son front rayonnant.

Ce souvenir des jours de fête
Est leur doux retentissement.
Après que la cloche s'arrête,
C'est dans l'air ce bourdonnement
Qui se prolonge et puis qui cesse.
La cloche de notre jeunesse
Ne sonne plus. — Il va finir,
Le faible son qui vibre encore ;
On l'entend déjà moins sonore.....
Hâtons-nous de le retenir.

Ce château qui sur la colline
Domine le fleuve gascon,
Quand de Bordeaux il s'achemine
Pour s'en aller changer de nom,
Formont, dont la grappe vermeille
De septembre emplit la corbeille,
Sous ses pampres vit l'amitié
Aux jours de notre fraîche vie,
Former ce doux nœud qui nous lie
Et que l'âge a fortifié.

Te souviens-tu de cette plage
Qu'un rang de vieux saules bordait,
Où jouant, ainsi que notre âge,
L'onde montait et descendait?
Nous la poursuivions dans sa fuite ;
Elle nous poursuivait ensuite.
La peine, un jour, comme ce flot
Dont la vitesse nous défie,
Courut derrière notre vie
Et, prompte, l'atteignit bientôt !

Et ces oiseaux qu'une volière
Enfermait sous un noir réseau ?
Libre par toi, la troupe entière
S'envola chanter sur l'ormeau.
Tu pressentais, je m'imagine,
Que, soumis à la discipline,
Quelque jour tu demanderais
Que l'on ouvrît aussi ta cage,
Comme tu fis pour l'esclavage
De ces pauvres chardonnerets.

Et ce guêpier où d'aventure
Je m'en allai tomber un soir ?
Pour mon avenir, triste augure !
C'était à mon tour de prévoir,
Amant des vierges du Permesse,

Que j'allais jeter ma jeunesse
Dans un autre méchant guêpier
Où, par les frêlons poursuivie,
Ma poétique étourderie
Maudirait le docte métier.

Portés sur l'aile des nuages,
D'une folle espérance épris,
Que de fantastiques voyages
Tous deux nous avons entrepris !
Destin errant qui fut le nôtre !
Quand nous partîmes l'un et l'autre,
Moi diplomatique greffier,
Et toi volontaire vélite.
Quels bords lointains n'ont dans la suite,
Vu ton sabre et mon encrier !

Notre âme n'était pas joyeuse !
Malaise vague où la douleur,
A sa destinée orageuse
Prépare à l'avance le cœur !
Couchés dans les hautes bruyères,
Nous écoutions tous vos mystères,
O solitudes des grands bois ! ,
Sur nos futures réussites,
Combien de blanches marguerites
Effeuillèrent alors nos doigts !

Parfois aux caprices de l'onde
Nous jetions la fleur du bosquet,
Que dans sa course vagabonde
Nous suivions d'un œil inquiet.
Beaux jours où ces peurs ingénues
Nous étaient les seules connues !
Si le vent, d'un souffle plus fort
Agitait l'onde courroucée,
Pour la feuille alors menacée,
Nous désirions l'abri du port !

Comme à cette fleur voyageuse,
Ah ! nous devions un jour aussi,
A notre course aventureuse
Souhaiter un tranquille abri !
Loin des camps et des diplomates,
Portons nos fraternels pénates.
Là, dans un doux repos vivant,
Toi pour y guérir tes blessures ;
Moi, lassé de mes écritures,
Pour y jeter ma plume au vent !

CONCLUSION

Claudite jàm vivos, pueri, sat prata biberunt.
GEORGIQUES.

Comme autrefois Virgile avait dit à sa Muse,
Les prés ont assez bu, que l'on ferme l'écluse :
Je ferme aussi mon livre, en demandant pour lui,
D'un lecteur amical le favorable appui.

Tarbes, Novembre 1866.

TABLE

Tarbes, imp. LESCAMELA.